PROMENADES AFRICAINES

DU MÊME AUTEUR

CHEZ LE MÊME ÉDITEUR

Alberto Moravia, *Une certaine idée de l'Inde*, 2007.

Alberto Moravia

PROMENADES AFRICAINES

Traduit de l'italien par René de Ceccatty

arléa

16, rue de l'Odéon, 75006 Paris

www.arlea.fr

Juin 2007 – Arléa
EAN 9782869597846

Titre original : *Passeggiate africane*

I

DANS UNE ATMOSPHÈRE DE PRÉHISTOIRE, JE RETROUVE LE CŒUR DE MON AFRIQUE

Seronera, février. Douze heures. Nous voici à la frontière entre le Ruanda et la Tanzanie. Il n'y a personne, parce que personne n'entre en Tanzanie par l'ouest, en venant, comme nous, du Zaïre, c'est-à-dire de l'Atlantique. L'entrée normale des touristes en Tanzanie se fait par l'est, par l'océan Indien, autrement dit par Dar es-Salaam. Je précise cela pour souligner le caractère antitouristique et imprudent de mon voyage qui, du point de vue routier, a été peut-être le pire parmi ceux que j'ai faits jusqu'ici en Afrique.

Il n'y a donc personne : le soleil tape sur l'édifice désert de la douane, sur le pont qui enjambe la cascade fracassante, couleur cacao, du fleuve Kagera, sur les collines pavoisées des feuillages ondoyants des bananeraies. Nous faisons le tour du bâtiment de la douane, nous trouvons le douanier confortablement assis, le col ouvert, à l'ombre, devant un plat fumant de pommes de terre. Il nous dit, sans cesser de mastiquer, que le passage de la frontière est suspendu durant la sieste. Nous formulons des reproches à l'africaine, c'est-à-dire tout à la fois suppliants et autoritaires. Le douanier finit par consentir à nous laisser traverser dix minutes plus tard : juste le temps de terminer ses pommes de terre.

Treize heures. Nous roulons à toute vitesse (vingt à l'heure !) d'un virage à l'autre, sur la piste, entre les collines de Tanzanie. Très naturellement, regardant le ciel immense dans lequel montent de grands nuages orageux, je me rappelle le célèbre poème en prose de Baudelaire. Vous vous en souvenez ? « Eh ! Qu'aimes-tu donc, extraordinaire étranger ? – J'aime les nuages... les nuages qui passent... là-bas... là-bas, les merveilleux nuages ! » Oui, pour voir les « merveilleux » nuages, il faut venir en Afrique, en cette saison que l'on appelle des petites pluies. Des nuages semblables à des continents aux contours capricieux, blancs, gonflés et ourlés de franges obscures, voyagent dans le ciel azuré ; ils se sont déjà en partie déchargés de l'eau qu'ils portaient dans leurs flancs, peut-être hier, peut-être ce matin même : la verdure des collines le révèle, un vert brillant et propre, comme au premier jour de la Création.

Quatorze, quinze, seize heures. Nous ne cessons de tourner et de retourner entre les collines en partie plantées de bananeraies et en partie encore recouvertes par l'ancienne forêt fluviale. Piste rouge, arbres qui tendent au-dessus de la route leurs branches chargées de lianes, pareilles à d'immenses chevelures défaites de femmes. Aucune habitation, aucun passant, aucun animal. Je laisse un coude nu plié sortir par la fenêtre de la Land Rover : ce soir, il sera entièrement brûlé par le soleil ; demain, j'aurai des plaies.

Dix-sept, dix-huit heures. Fourche. Ou plutôt triple embranchement. Une piste va à Kibondo, une autre à Rulenge, la troisième est une route en construction barrée et sans panneau. Nous prenons celle qui mène à Rulenge, persuadés que c'est un raccourci, et naturellement nous nous trompons. C'est le chemin le plus long. Et même le pire : caillouteux et boueux. Ici aussi, il a dû pleuvoir hier ou ce matin.

Dix-sept, dix-huit, dix-neuf heures. La nuit soudaine paraît monter plutôt que tomber, comme d'en bas, comme si les ténèbres jaillissaient de l'épais sous-bois, sans parvenir au ciel clair, grouillant d'étoiles furieusement scintillantes. Nous cherchons maintenant les lumières de Biharamulo, qui doit être une bourgade insignifiante, mais c'est le seul centre urbain dans un rayon de mille kilomètres. Nous voyons dans le noir certaines lueurs qui donnent lieu à une discussion : est-ce que ce sont des lucioles (il reste encore des lucioles en Afrique, elles n'ont pas disparu comme dans l'Italie de Pasolini) ou bien des lampes ? Tout à coup, les lumières en question, qu'il s'agisse de lucioles ou de lampes, s'éteignent entièrement, nous roulons à nouveau dans le noir.

Dix-neuf, vingt heures. Nous sommes à Biharamulo, comme nous en informe un panneau de signalisation fixé sur le tronc d'un baobab. Le problème, maintenant, est de trouver une mission où dormir, il ne faut même pas songer à trouver un hôtel. Les missions, à en juger par notre solide expérience, sont de deux catégories : celles qui hébergent les voyageurs et celles qui les refusent.

Ces dernières sont celles qui sont tenues par des missionnaires africains et elles refusent les voyageurs blancs, un peu par méfiance et surtout à cause de leur extrême pauvreté. Les missions dirigées par des missionnaires blancs sont toujours accueillantes, certes selon différents modes d'hospitalité, en fonction de l'humeur et des moyens de ceux qui s'en occupent.

Vingt, vingt et une heures. Biharamulo a aussi des hôtels ; mais il s'agit d'auberges de Far West pour camionneurs qui, en l'occurrence, ne refuseraient pas de dormir dans la même chambre sinon dans le même lit que d'autres voyageurs. Nous entrons dans l'un de ces hôtels, pour obtenir des renseignements sur la mission. Il porte le nom pompeux d'hôtel Excelsior ; en réalité, c'est une petite baraque à un seul étage, avec des grilles métalliques en guise de vitres aux fenêtres, ce qui lui donne une allure de prison. Nous pénétrons dans un petit vestibule, il y a un comptoir de réception de la taille d'un établi de cordonnier ; dans la faible lumière, nous entrevoyons un énorme panneau avec le menu du jour (essentiellement du ragoût de buffle avec du *pili pili*) et alentour les habituelles grilles métalliques qui remplacent aux portes le verre trop cher. Poliment, l'hôtelier nous apprend qu'il y a bien trois missions à Biharamulo.

Vingt et une, vingt-deux heures. Nous fiant à des indications typiquement africaines, c'est-à-dire erronées, nous tournons, dans l'obscurité, à travers Biharamulo, pendant au moins une heure. Finalement, nous nous engageons dans une petite avenue, nous arrivons sur une place, entre des édifices d'un style de toute évidence missionnaire, à savoir pauvre et sommaire. Hélas, le missionnaire est africain. Dans un anglais correct, il nous explique qu'il ne peut pas nous héberger, parce qu'il reçoit l'évêque en visite. Le voici, l'évêque : boucles blanches sur son vaste front noir, habit gris lilas, croix d'améthystes sur la poitrine. Le missionnaire nous dit que nous trouverons à nous loger dans une autre mission plus spacieuse : nous devons tourner à gauche et, au bout d'un kilomètre, nous trouverons un clocher, nous ne pouvons pas nous tromper.

Vingt-deux, vingt-trois heures. Il n'y a pas un mot de vrai, aucun clocher à l'horizon, ni à un kilomètre ni à dix kilomètres. L'inévitable discussion a lieu : le missionnaire africain nous a-t-il induits en erreur par pure malveillance ou sans le vouloir, par inexactitude ? Bref, était-ce un beau salaud ou simplement quelqu'un de confus ? La discussion ne prend fin que sur la place de la mission enfin découverte après une heure de recherches. Voici comme toujours les chiens qui aboient, comme toujours le gardien armé d'un fusil napoléonien. Tout à coup se présente un missionnaire à l'aspect anglo-saxon, autrement dit très grand, très maigre, avec une tête étroite et un profil d'oiseau de proie. Il est, en effet, anglais, il vient même de Londres. Sans palabres inutiles, il nous annonce qu'il peut nous héberger pour la nuit ; mais pas nous offrir de dîner, il est trop tard, les missionnaires ont déjà pris leur repas. Nous mangeons, dans la chambre, les conserves de thon et de sardines de nos provisions, avec des bananes et des papayes locales. Ma chambre est petite et nue ; j'ai un lit de camp, muni cependant d'une moustiquaire. Je me couche ; je me mets à lire avec une attention vétilleuse un livre sur le socialisme de Nyerere, le président de Tanzanie ; hélas, soudain la lumière disparaît, sans doute pour économiser l'énergie. J'essaie d'allumer la lampe à pétrole ; dans le noir, je trouve la boîte d'allumettes, mais elle est vide. Je m'endors.

Sept heures. Le lit a beau être pourvu d'une moustiquaire, j'ai été sauvagement piqué pendant mon sommeil. Comment les moustiques ont-ils réussi à traverser la moustiquaire ? De mauvaise humeur, je vais dans la salle à manger où nous prenons le petit déjeuner avec les missionnaires : porridge, saucisses, œufs au bacon, viande en conserve, beurre salé, thé, café. Il n'y a que deux blancs, la grande asperge d'hier soir et un jeune homme, lui aussi anglais, à l'aspect intellectuel de professeur de collège, qui, en effet, enseigne la littérature à l'école de la mission. Les deux blancs ne parlent presque pas. En revanche, plus expansifs, les missionnaires africains bavardent. Ils veulent tout savoir sur le pape.

Sept, huit, neuf, dix, onze, douze heures. Nous roulons, nous roulons, nous roulons, d'une colline à l'autre, sous un ciel dans lequel ne se trouvent plus les « merveilleux » nuages de Baudelaire, mais une seule nuée semblable à une bâche couleur fumée, si basse au-dessus de nos têtes, que j'ai l'impression que je pourrais la toucher en levant le bras. La piste est très mauvaise, avec des bosses et des trous qu'on ne voit pas et qui, de temps à autre, nous font impitoyablement tressauter. Et puis voici, enfin, pas très loin de Mwanza, la plaine. C'est une plaine à l'allure préhistorique, troglodytique : dans la steppe jaune, çà et là, se dressent d'énormes monuments créés par l'érosion il y a quelques millions d'années, quand le lac Victoria s'étendait jusqu'ici. Ce sont des pierres colossales, lisses et ovales, entassées les unes sur les autres en vertu d'équilibres étranges et, dirait-on, intentionnels. Dans la lumière hagarde de l'orage imminent, ils nous conduisent à imaginer de menaçantes processions de dinosaures, d'horribles bagarres entre de gigantesques herbivores et des carnivores antédiluviens. Les monuments naturels se succèdent dans la plaine sur une cinquantaine de kilomètres avec toujours la même répétitivité obsessionnelle que l'on connaît en Afrique ; puis, soudain, voici le lac, ou plutôt la mer (il a la taille de l'Irlande), Victoria. Bientôt, nous arrivons au ferry. Si nous le ratons, il nous faudra attendre une nuit dans la voiture, ou faire un détour de mille kilomètres.

Treize heures. Il pleut à verse, des cordes, dans une fraîcheur inopinée et stupéfiante après une telle touffeur ; je suis tellement soulagé que je ne m'aperçois presque pas de l'aspect repoussant de l'embarcadère du ferry : des baraques avec des bars minuscules, sordides ; un guichet sale et délabré ; un petit môle à demi détruit par les tempêtes. Le ciel sombre et agité déverse sur le lac une pluie qu'un rayon de soleil perçant et venu d'on ne sait où colore de jaune ; sous cette pluie, le lac bouillonne de vagues plombées.

Tout à coup, il cesse de pleuvoir, un soleil fastueux et brûlant éclate dans le ciel ; les flaques de boue fument et sèchent rapidement ; tous les personnages habituels des haltes en Afrique réapparaissent : enfants qui tendent la main pour on ne sait quoi ; femmes avec un panier sur la tête et un nourrisson sur le bras, qui sourient d'on ne sait quoi ; hommes qui regardent fixement sans dire un mot, avec on ne sait quelle idée à l'esprit. Soudain, voici le ferry. Nous montons, non sans difficultés : les voitures se disputent la place, les chauffeurs se querellent pour passer les premiers. Finalement, le bateau part ; je me juche sur le pont et je regarde le lac. Il est vert bouteille : quelques rochers d'une blancheur éblouissante, irréelle, émergent ; des oiseaux blancs volent, perdus sous les nuages noirs. Je me dis alors que c'est pour voir, ou plutôt pour découvrir cette étendue d'eau livide, qu'il y a un siècle et demi sont morts d'épuisement et de maladie tant d'explorateurs et de missionnaires, à commencer par le mythique Livingstone. J'éprouve un sentiment, comment dire, de déception et de frustration. Le mystère de l'Afrique n'était donc qu'une question de voies de communication et de véhicules à traction mécanique ! Par conséquent, d'autres mystères pourraient se révéler être demain, tel celui de l'Afrique, une pure question de modernisation des moyens de transport ! Ainsi le mystère du cosmos, dont la marche des astronautes sur la Lune, c'est-à-dire sur un insignifiant caillou stérile, nous a peut-être annoncé la fondamentale inexistence.

Dix-huit heures. Nous arrivons à Mwanza que j'ai déjà visitée il y a vingt ans. Elle est devenue beaucoup plus grande, mais a conservé son caractère originel de carrefour commercial, avec les inévitables magasins de style Far West, où l'on vend un peu de tout et qui, pour la plupart, appartiennent à des Indiens et à des Pakistanais. Nous trouvons avec peine des chambres dans un hôtel très récent et déjà délabré, qui manifestement n'a rien de touristique et qui est plutôt fréquenté par des hommes d'affaires africains. Nous nous couchons tôt. Il pleut pendant la nuit entière.

Sept, huit, neuf heures. Deux heures de vitesse grisante sur un tronçon trompeur de route macadamisée nous donnent l'illusion d'être en mesure d'atteindre l'entrée du parc de Serengeti au début de l'après-midi. J'ai dit « trompeur » à bon escient : tout à coup, le tronçon s'engouffre dans une étroite vallée, entre les montagnes, et voici qu'au bas de la côte il se transforme en sentier muletier. J'ai le cœur qui chavire : la côte, qui n'est faite que de cailloux et de trous, avec de larges flaques d'eau noire et de profondes ornières creusées dans la boue par les roues des autocars, ne paraît pas carrossable ; c'est ce qui se vérifie, en effet, dès le premier essai. La Land Rover avance d'un mètre et recule de deux ; malgré les efforts du chauffeur pour la maintenir droite, elle tend à se mettre en travers de la piste ; les roues tournent à vide et sans prise sur la bourbe des nids-de-poule détrempés. Je me dis que nous finirons par être bloqués et, au bout d'un moment, c'est ce qui se produit effectivement. Au sommet d'un col, nous tombons sur une douzaine de véhicules, camions, jeeps et voitures embourbés et immobilisés dans un embouteillage de type urbain.

Nous essayons de resquiller, de passer entre deux voitures, mais nous dérapons sur la boue grasse et dense jusqu'au fond d'une ornière et nous ne bougeons plus. Je saute alors de la Land Rover et, pendant que les chauffeurs s'activent avec les pelles, je me console en regardant le paysage. C'est le paysage sublime des hauts pâturages des Masaï, tribu de bergers qui vit entre la Tanzanie et le Kenya. Du bord de la route, le regard domine, le long des pentes vertes, jusqu'au fond de la vallée ; çà et là des groupes de petits points noirs semblent bouger ; ce sont les troupeaux de vaches dont les Masaï tirent toute leur nourriture, c'est-à-dire le lait et le sang directement sucé des veines de la bête. Peut-être dans nos Alpes y a-t-il des pâturages aussi solitaires, éloignés et silencieux, mais ce n'est qu'ici, en Afrique, que la pureté et la solitude de la montagne s'allient étrangement à la lumière intense des tropiques. Dans cette contemplation, j'oublie les chauffeurs qui dégagent la boue par pelletées, les touristes qui, désolés, s'agitent autour des voitures bloquées. Au bout de plus de deux heures, nous repartons.

Vingt-deux heures. Nous arrivons de nuit à Seronera, où se trouvent tous les motels du parc. Surprise : comme le parc ferme officiellement à dix-huit heures, tout le personnel du motel s'en est allé au village et ne reviendra pas avant demain matin. Nous dînons de nos habituelles conserves de corned-beef, dans nos chambres. Un gros singe de l'espèce cynocéphale entre dans ma chambre, prend dans ma main une banane que je suis en train de manger, sans violence toutefois, bien élevé, et il s'en va. Il pleut à nouveau, coups de tonnerre et éclairs, pendant toute la nuit.

II

DANS LE PARADIS TERRESTRE DE SERENGETI

Arusha, février. Les Land Rover s'arrêtent parce qu'un troupeau de gnous est en train de traverser la piste. De doux belzébuths à quatre pattes, avec leur barbe de chèvre, leurs yeux fous et leurs cornes pointues, bossus et disgracieux, passent devant le radiateur lentement, dédaigneusement, l'air de dire : « Les maîtres, ici, c'est nous, ces immenses plaines nous appartiennent, on vous tolère à peine, et vous devez attendre que nous ayons fini de défiler, quand bien même nous serions un million et nous mettrions un mois à passer, tous autant que nous sommes. » Ils défilent en effet un par un, venant d'une multitude qui noircit la steppe à perte de vue, jusqu'aux horizons les plus lointains ; encore plus loin je devine des impalas, des zèbres, des antilopes.

Du haut du ciel, les nuages orageux qui voyagent, poussés de-ci, de-là par le vent capricieux, font circuler sur ces innombrables bêtes leurs ombres changeantes, en voilant sans cesse le soleil. La plaine immense n'est tout entière qu'un spectacle de liberté démesurée, tranquille. Et pourtant cette sérénité est trompeuse ; de la même manière, avec la même liberté, il y a un peu plus d'un siècle, les troupeaux de bisons traversaient les rails des voies ferrées, mais dix ans n'étaient pas encore écoulés que déjà tous ces bisons étaient morts.

Nous avançons, nous grimpons sur ces hauts pâturages des Masaï, nous entrons dans le parc de Serengeti. Voici, sur la route de Seronera à Ngorongoro, le premier lion. C'est une lionne, elle se tient sur le bord de la route, nous tournant le dos, comme si elle hésitait à bondir et à disparaître dans l'épaisseur de la forêt ou à rester là, sur le bas-côté de la piste. C'est une jeune lionne, elle a l'arrière-train rond et musclé, un beau corps maigre, un cou robuste, une tête massive qu'elle tourne vers nous pour nous regarder avec indifférence. C'est peut-être seulement un gros chat ; mais d'un seul coup de patte elle pourrait m'arracher un bras. Nous nous arrêtons et la photographions plusieurs fois, à la fin elle se décide et plonge lentement entre les hautes herbes. Ce n'est qu'alors que nous apercevons le mâle, un magnifique lion à crinière noire, qui se tenait un peu plus loin, en contrebas de l'accotement. Ils disparaissent entre les fougères et les hautes herbes.

Le lendemain, nous arrivons à Ngorongoro, le plus grand cratère volcanique éteint au monde. Nous descendons en zigzag sur la piste qui, du rebord supérieur, mène au fond. Au fur et à mesure, le dessin circulaire des parois herbeuses du volcan se perd ; nous descendons simplement vers une immense prairie délimitée par des collines verdoyantes.

Maintenant nous roulons sur la piste, qui fait le tour de la prairie. Voici, entre les herbes claires, presque blondes, le rhinocéros, sombre et massif, avec sa tête énorme qui semble surélevée vers le ciel par sa corne arrogante. Il nous regarde de face, puis se détourne et s'éloigne au trot, balançant sans grâce ses deux flancs arrière.

Plus loin, trois ou quatre buffles nous fixent, immobiles et prêts, on dirait, à nous charger, avec leurs cornes lourdes, calquées sur leurs yeux, comme le bicorne des carabiniers. Mais finalement ils ne bougent pas. Nous continuons.

Voici les lions, nombreux, qui se prélassent en dehors des zones ensoleillées, à l'ombre d'un acacia. Non loin d'eux, aplati et informe, gît à terre un zèbre mort ou plutôt ce qui reste de cet animal sans doute tué et à demi dévoré hier soir. Parmi les hautes herbes, cependant, se dressent çà et là les têtes féroces et canines des hyènes : elles voudraient déchiqueter le zèbre, mais elles ont peur des lions.

Nous apercevons ensuite le troupeau auquel appartenait le zèbre mort. De petite taille, robustes, le ventre rond comme un baril et la crinière raide et courte comme la soie d'une brosse, les zèbres se rassemblent, indifférents au deuil ; leur compagnon tué par les lions n'était-il qu'un parmi des centaines, peut-être des milliers d'autres : comment faire pour s'en souvenir ?

Nous traversons le torrent qui coule au fond du cratère, nous longeons un petit lac. Immergés, les hippopotames ne laissent dépasser que leurs arcades sourcilières, véritables périscopes, ainsi que la couenne épaisse de leur dos. De temps à autre, ils grognent et soufflent ; de temps à autre, ils défèquent et répandent autour d'eux leurs excréments, en remuant leur courte queue porcine.

Qui est-ce qui se profile là-bas, près d'un vaporeux acacia ? La girafe, qui paraît, elle aussi, faite de vapeur, si fantomatique est sa silhouette. Ce n'est pas la seule girafe qui tend le cou vers la cime des arbres. Chaque acacia de ce coin de la plaine a sa propre girafe qui se profile, tête perdue dans les branches. Comme dans certaines tapisseries ou mosaïques antiques.

Nous revenons au lodge avec la sensation confuse d'avoir vécu aujourd'hui l'expérience déconcertante d'un paradis terrestre, tel celui décrit par la Genèse, sauvé de l'extermination qui fit autrefois disparaître les bisons américains et préservé exprès pour la consommation touristique. En fait, nous n'avons pas oublié un seul instant que nous nous trouvions dans ce qu'on appelle un sanctuaire, autrement dit un parc naturel. Ou encore quelque chose d'absolument artificiel. Oui, parce que se vérifie ici le paradoxe que la nature féroce et inutile, affectée au paradis terrestre, semble artificielle ; alors que les cultures ou les pâturages pour bovins et ovins semblent naturels.

Pendant que les Land Rover roulent vers le lodge, j'approfondis mes réflexions sur les parcs naturels de l'Afrique. Ils sont une contradiction éloquente : libres mais contrôlés, ils doivent leur existence à un mythe ; à son tour, le mythe est le produit d'une civilisation utilitaire de consommation qui menace implicitement cette existence. Le mythe est, comme nous l'avons déjà dit, celui du paradis terrestre, dans lequel les hommes vivaient en harmonie avec les animaux, avant d'être chassés de l'Éden. Un mythe occidental, protestant, capitaliste comme nous l'enseigne Max Weber, citant ainsi Milton : « Le monde entier s'offrait devant eux pour qu'ils y élisent un séjour tranquille, guidés par la Providence et eux, incertains et lents, se tenant par la main, à travers le désert Éden ils tracèrent leur voie solitaire. » Seulement, tout en se tenant par la main, Adam et Ève se jetèrent sur ce monde qui « entier s'offrait devant eux » et, justifiant ainsi la grâce, ils le mirent à feu et à sang avec le prétendu « travail », autrement dit dans le dessein d'investir le capital et d'en tirer un profit légitime. Mais il leur restait, au fond de l'âme, la nostalgie de l'Éden avant qu'ils n'en fussent chassés. Comment revenir au paradis terrestre ? Comment se retrouver en tête à tête avec les bêtes sauvages sans crainte et surtout sans sous-entendus utilitaires ? Voici donc les parcs nationaux. Mais l'utilitarisme puritain chassé par la porte est rentré par la fenêtre. Le paradis terrestre de Serengeti et de Ngorongoro est « consommé », autrement dit devient une marchandise comme toutes les autres, soumise aux lois du marché. Adam et Ève rentrent bien au paradis terrestre, mais en payant. C'est-à-dire en entretenant à grands frais les sanctuaires et en les fréquentant à grands frais également. De là, aussi, en bonne logique, l'idée du luxe liée aux sanctuaires. Le luxe, en effet, est beauté : beauté de la faune, beauté de la flore, beauté, enfin, et non la moindre, des logements, de ce qu'on appelle les lodges.

Dans les lodges, tout est luxueux, non pas tant parce qu'y viennent les touristes riches qui veulent un certain confort, que parce qu'on veut se donner jusqu'au bout l'illusion de l'Éden. Or, l'Éden « était » beau, de cette beauté particulière dans laquelle l'humain et le naturel se marient inextricablement. Et voici, en effet, les lodges comme celui de Seronera, dans lequel la salle à manger est adossée à des rochers wagnériens et, si ça se trouve, pendant qu'on mange, un singe fait son entrée et grimpe sur une table. Autre caractéristique luxueuse : une solidité massive qui semble vouloir rappeler la solidité analogue, sans retenue, de la cabane créée par le Seigneur pour ses deux enfants préférés. Les chambres sont toutes revêtues de lourds bois précieux ; les faïences des salles de bains sont des meilleures marques anglaises ; les robinetteries, les serrures, les poignées, les portes et les fenêtres, tout y est de première qualité, solide, brillant, luxueux. Le luxe sous-entend la consommation, c'est vrai ; mais quel luxe est plus digne de la consommation que celui du paradis ?

Ainsi, au fond du mythe écologique, nous trouvons le mythe de l'Éden, de ses habitants chassés de l'Éden et revenant à l'Éden. Mais il est douteux que le mythe puisse sauver la grande faune africaine, justement parce qu'il s'agit d'un mythe et non d'une loi du marché. Les mythes sont la poésie de l'humanité ; mais l'économie, à la fin, ne peut pas s'empêcher de sacrifier le mythe. Or, comme on l'a vu, l'économie occidentale est jusqu'ici parvenue à sauver les parcs à travers une consommation de luxe justifiée à son tour par le profit. Mais en sera-t-il toujours ainsi dans ce monde moderne et, surtout, en Afrique ?

À Mwanza, sur le lac Victoria, la nuit qui précède notre arrivée à Seronera nous sommes descendus dans un hôtel ultramoderne où j'ai tout de suite reconnu la solution « chinoise » au problème de la consommation. Pourquoi est-ce que je dis solution chinoise et non pas solution communiste ? Parce que la Chine fait encore partie du tiers-monde, alors que l'Union soviétique, tout en présentant certaines caractéristiques du tiers-monde, s'est placée dès le départ parmi les pays de la civilisation industrielle. Et quelle est la solution chinoise au problème de la consommation ? Elle consiste à créer une industrie légère au niveau des masses paysannes, c'est-à-dire, pour résumer, une industrie qui produit des objets pauvres et peu durables.

Or l'hôtel de Mwanza était un bon exemple de solution chinoise. Des robinetteries en métal léger et déjà rouillées, des moquettes pelées et par endroits trouées, des gonds branlants, des meubles délabrés, des carreaux de céramique bon marché, des lampes bancales, des ustensiles de plastique, bref tous les aspects d'une production industrielle « pour paysans » étaient présents dans cet hôtel construit selon des plans avant-gardistes de type américain, mais, pour le reste, manifestement africain. Pour conclure, il était absolument évident que le socialisme du tiers-monde ne compte pas parmi ses mythes celui de l'Éden, et encore moins celui du retour à l'Éden à travers la consommation de luxe. Qu'adviendra-t-il des parcs quand ils seront envahis par la vague du tourisme de masse africain, qui déjà s'annonce ? Ils ne seront plus des « produits » pour de rares clients sophistiqués, mais « distribués » à une foule égalitaire qui devra forcément descendre dans des hôtels de type chinois, comme celui de Mwanza. Tout compte fait, le mythe capitaliste de l'Éden est fondé sur l'injustice ; mais la justice ne sait pas quoi faire du mythe et détruit l'Éden.

Le matin de notre départ de Ngorongoro, je me suis levé tôt et je suis allé regarder pour la dernière fois le cratère du haut de la terrasse du lodge. Les singes jouaient et se poursuivaient en sautant, la queue dressée, sur le parapet ; de gros oiseaux noirs tournaient par groupes au-dessus du jardin et allaient se poser tous ensemble sur le même arbre. De là-haut, le cratère ressemblait à un gouffre parfaitement circulaire, dont les parois évasées descendaient en pente douce jusqu'à la prairie qui s'étend là où, autrefois, la lave bouillonnait. Alors, en réfléchissant sur ce lieu unique au monde, à la fois si précis et si limité, je me suis dit que, quand tous les autres parcs naturels auront été détruits par les braconniers et par les agriculteurs, ce cratère de Ngorongoro sera peut-être conservé comme un exemple concret et instructif d'utopie capitaliste. On montrera aux touristes le lodge et le cratère, comme on montre aujourd'hui, dans certains pays exotiques, les temples des anciennes religions. Et la vie obtuse et inutile des bêtes sauvages, brutalement consacrées à l'oisiveté et au meurtre, sera indiquée comme la preuve de la fausseté du mythe puritain du paradis terrestre.

III

LE BAOBAB EST LE VRAI SEIGNEUR DE L'AFRIQUE

Sept heures. Nous n'avons pas assez d'essence pour regagner le Zaïre d'où nous venons. Et nous devons pourtant y retourner parce qu'il faut que nous rendions les Land Rover à leur propriétaire, à Kinshasa. Nous pourrions théoriquement, avec le peu d'essence qui nous reste, aller à Nairobi au Kenya, où se trouve une pompe, et de là rentrer par avion en Europe, en laissant les deux chauffeurs africains retourner au Zaïre tout seuls. Mais c'est impossible : à cause d'une guerre douanière, la frontière entre le Kenya et la Tanzanie est fermée.

Il faut donc trouver de l'essence à Arusha, prochaine étape.

Huit heures. Nous voici à Arusha, ville-jardin des tropiques, au pied du Meru, un des trois ou quatre colosses légendaires de cette partie montagneuse de l'Afrique. Enveloppé dans les nuages, le mont majestueux qui domine les villas, les maisonnettes, les parcs et les jardins d'Arusha se sent plus qu'il ne se voit. Tandis que nous roulons dans les avenues d'Arusha, je réfléchis au caractère profond du paysage africain.

Karen Blixen le qualifie de « noble ». Moi, je le trouve plutôt « religieux », comme l'Attique, comme la Terre sainte, comme le Népal. On sent que sur ces montagnes élevées ont habité et peut-être habitent encore les divinités bizarres et terrifiantes dans lesquelles s'exprime le seul sentiment religieux propre à l'Afrique : la peur. Le mont Meru fait peur ; le mont Kenya fait peur ; le mont Kilimandjaro fait peur. Hemingway, dans son roman très daté, *Les Neiges du Kilimandjaro*, a essayé de faire allusion à cette peur. Mais son Afrique a des relents de safari et de colonialisme. Mieux vaut, pour comprendre la peur africaine, un masque tribal avec une tête de mort pour tout visage, des perles en guise d'yeux, des coquilles pour dents et du raphia pour cheveux et barbe.

Neuf heures. Que faire pour l'essence ? En Tanzanie, elle est rationnée ; sans papier officiel, on n'en obtient pas aux nombreuses pompes, pas même une goutte. Reste le marché noir auquel nous recourons de mauvaise grâce, contraints et forcés. Nous allons à l'endroit le plus vraisemblablement propice au marché noir, un hôtel de luxe. Nous suivons ce raisonnement : si marché noir il y a, il y aura nécessairement des clients ; mais les clients du marché noir sont, le plus souvent, des étrangers et ils paient en dollars ; il est donc plus facile de trouver de l'essence dans un hôtel que nulle part ailleurs.

Dix heures. Nous buvons une bière au bar immense et désert de l'hôtel, pendant que progressent, au comptoir de la réception, les négociations pour l'essence. Tout, semble-t-il, est indirect et sinueux ; le réceptionniste nous présente un ami, qui à son tour est l'ami d'un chauffeur de taxi. Le chauffeur accepte de monter dans notre Land Rover et de nous guider dans notre recherche.

Onze heures. Le chauffeur nous demande de nous arrêter devant un bar et parlemente brièvement avec un individu de petite taille vêtu de jaune qui ressemble à un kobold. Nous repartons. Deuxième arrêt, cette fois à une pompe, où le pompiste, un gros bonhomme en tricot rouge et pantalon vert, fournit d'autres renseignements. Nous repartons à nouveau. Dans un autre bar, nous trouvons un jeune type avec un casque de motard qui, à un signe du chauffeur, bondit sur la selle d'une motocyclette et nous précède. Nous suivons l'engin dans des avenues fleuries puis sur une route large, nue et droite. Nous nous trouvons dans la grande plaine qui s'étend à l'infini, au pied du mont Meru. La motocyclette roule et nous la suivons sur une dizaine de kilomètres. Puis elle braque vers un sentier poussiéreux, que nous empruntons à sa suite.

Nous bringuebalons sur le chemin, entre les hautes herbes, sous un ciel d'orage infini. Voici, soudain, deux cabanes de Masaï, solitaires et fermées ; le terre-plein devant les cabanes est désert ; une seule poule se promène en becquetant dans la poussière. Le motard descend de son engin, frappe à la porte d'une des cabanes, ouvre, s'avance.

Après un bref dialogue, voici que sort de la cabane, majestueusement, un bébé au sein, une Masaï, enveloppée dans la cape tribale couleur tabac.

Derrière elle, par petits groupes, apparaissent un, deux, trois, quatre, cinq, six, sept, huit enfants, comme dans la cabane du conte, ils vont se rassembler autour de leur mère, comme autant de poussins autour de la mère poule. L'air sombre et méfiant, la femme écoute le chauffeur, engage une discussion serrée et obstinée. Le prix théorique de l'essence nous est communiqué : le triple du prix normal et de ce à quoi on s'attendait. Mais le chauffeur n'en démord pas : après des palabres avec cette marchande au visage mécontent, on en arrive au prix normal et prévu ; la femme alors, tout en gardant son bébé au sein, va dans l'autre cabane et en ouvre la porte. Nous nous avançons : dans l'ombre, vue providentielle, nous découvrons dans un angle plusieurs bidons de deux cents litres chacun, ainsi que quelques jerrycans de vingt. On procède au transvasement de l'essence, des bidons aux jerrycans et de ces derniers dans nos réservoirs, c'est le chauffeur et le motocycliste qui s'en occupent, pendant que la femme nous surveille en berçant son bébé. À la fin, nous payons l'essence et l'intermédiaire et nous nous retirons.

Douze heures. Nous filons à quarante à l'heure, chargés d'essence et déchargés de soucis, sur la large route goudronnée qui va d'Arusha à Tarangire. À la bifurcation pour Tarangire, nous nous arrêtons à un petit marché. Il y a quelques baraques pleines de pacotilles pour touristes et quelques vieux objets offerts sur des tissus étendus à même le sol ; un vendeur propose un troc à l'un de mes compagnons : trois vieilles calebasses de Masaï contre une paire de pantalons, un tee-shirt et un chapeau. Mon compagnon sort un tee-shirt *Fruit of the loom* qui est accepté ; une paire de pantalons en velours bleu est refusée et remplacée par une paire de pantalons vert olive ; enfin une visière rose dragée à attacher derrière la nuque avec des élastiques. Suit une longue discussion : la visière peut-elle être considérée comme un chapeau ou non ? Enfin, avec l'argument selon lequel la visière, comme le chapeau, sert à protéger du soleil, elle est acceptée.

Treize heures. Voici, le long de la piste qui va à Tarangire, les premiers baobabs. Pasolini voulait écrire un livre intitulé *Les Arbres de l'Afrique*, et il avait raison. Ce ne sont pas les animaux, les lions, les rhinocéros, les girafes, les léopards qui sont les protagonistes de l'Afrique, mais les arbres, et parmi les arbres, les baobabs. Ce colosse végétal, au séduisant nom latin, *Adansonia digitata*, au tronc multiple qui ressemble à un faisceau de troncs fondus ensemble, à l'écorce lisse et grasse comme du cuir, aux racines puissantes et aux branches si fragiles que l'on dirait qu'il a les branches sous terre et les racines en l'air, ce monstre est africain surtout par la combinaison déconcertante du gigantesque et de l'inutile. On ne peut rien tirer, en effet, de l'*Adansonia digitata*, le bois est pourri et poreux, les fruits sont peu comestibles, même dans ces régions où l'on mange de tout.

Mais le baobab a toutefois son utilité, comment dire, spirituelle : il est réputé pour être le siège préféré d'esprits, de spectres et de fantômes.

Quatorze heures. Voici le lodge de Tarangire, parc national réputé pour ses rhinocéros. C'est un bâtiment d'un seul étage, préfabriqué, avec salle à manger, bar, véranda, mais sans chambres, car deux rangées de tentes situées dans la brousse voisine tiennent lieu de chambres, des tentes de type militaire, gris-vert, avec de solides fermetures éclair aux portes, aux fenêtres, aux petites ouvertures, partout. Nous sommes informés que l'on ne pourra pas voir d'animaux, les guides, deux en tout et pour tout, étant déjà occupés avec d'autres visiteurs. Nous décidons alors de repartir très tôt le lendemain matin. Pendant la nuit, j'ai du mal à trouver le sommeil : le parc craquelle, siffle, souffle, tousse, rit, glapit, etc. ; ce pourrait être différents animaux de l'habituel sabbat nocturne de l'Afrique, comme ce pourrait être l'imagination stimulée par ma présence sous une tente. Je m'endors enfin. À l'aube, j'ouvre la fermeture éclair de la porte, je m'avance : un soleil rouge comme le sang se lève derrière la muraille encore noire de la forêt.

Sept heures. Nous roulons, nous roulons sur la piste qui va de Siginda jusqu'à Kibondo, dernière étape potentielle de la journée, en passant par Nzega et Kahama. C'est le Far West africain ; il suffit de donner un coup d'œil à la carte Michelin pour s'en assurer : d'immenses espaces blancs ; aucune route rouge ni même jaune ni même hachurée de rouge ou de jaune ; aucune rest house, même sans meubles. Et, çà et là, ces petits signes bleus qui indiquent sinistrement des marais et des inondations. C'est le Far West mais sans cow-boys, sans shérifs, sans les « nôtres », seulement avec les « leurs ». Mais, comme au Far West, les ciels sont immenses, avec les nuages qui les traversent comme à la recherche d'un lieu adapté pour déverser la pluie, et sur la plaine infinie d'innombrables et minuscules points noirs indiquent de lointains troupeaux qui paissent en paix.

Onze heures. Au Far West, il y a ou plutôt il y avait les Indiens. Ici, soudain, à un virage, nous voyons quelque chose qui nous inspire la même appréhension que devait provoquer à l'ouest américain la vue d'un campement de Sioux. Près de la piste, deux camionnettes sont arrêtées ; les marchands ambulants en sont descendus et ont déposé à terre leurs pièces de cotonnade, presque toutes rouges ; une foule de clients, débouchée d'on ne sait où, parce qu'à perte de vue on ne voit ni villages ni même maisons, s'agite entre les tissus, intéressée et curieuse. Mais il convient de s'arrêter sur cette clientèle de la steppe. À première vue, je pense à des moines de la confrérie de la Miséricorde, sous leur manteau et leur capuche noirs, comme ils devaient être vêtus à l'époque de la Sainte Inquisition.

Puis, après un regard plus attentif, cette petite foule lugubre et fermée se révèle être comme un groupe d'individus appartenant à la même tribu. Ils sont très grands, probablement d'origine nilotique, athlétiques, vigoureux ; la cape de tissu noir léger a une capuche brodée d'or et, sur les épaules, un ornement de petits boutons blancs. Ils ont les doigts, les poignets, les bras et le cou chargés de bagues, de bracelets, de colliers de cuivre. Sous la cape, les hommes et les femmes portent des robes de cette même étoffe rouge dont les marchands proposent des pièces, et tiennent à la main de longues lances et de courtes cannes. Leurs visages ont les traits marqués, à la limite du masque : des yeux énormes, un nez aquilin, des lèvres épaisses. Ils se promènent au milieu des pièces de coton, silencieux, armés, méfiants.

Nous voudrions les photographier, mais nous ne sommes pas sûrs qu'ils accepteront : certains croient que la photographie vole l'âme, d'autres non. Nous décidons dans un premier temps d'utiliser le Polaroïd. Aussitôt, la photo qui sort de l'appareil comme une langue moqueuse puis qui est secouée en l'air jusqu'à ce que les couleurs apparaissent et se précisent obtient un grand succès. Tous en veulent une, tous rient, tous nous entourent avec sympathie. Nous prenons beaucoup de Polaroïd, les photographiant les uns après les autres. Mais au fond, qui sont ces nomades qui ressemblent à de bons pères ? Je m'approche de celui qui est le plus beau et le plus martial de tous et pointe un doigt sur lui, en lui demandant : « Masaï ? » Il me contemple un moment puis, avec une voix douce et très grave et un léger sourire timide et comme avec un haut-le-cœur, il murmure : « Wataturi. »

Nous terminons de les photographier, nous remontons dans la Land Rover, nous prenons à bord le chef de tribu, nous l'accompagnons chez lui. Nous pensions que ce serait une cabane, à la rigueur plus grande que les autres ; nous sommes surpris de le voir se diriger, en éventant tout sourire la photo Polaroïd, avec sa lance et sa canne, figure martiale et bizarre, vers une maisonnette préfabriquée au toit de tôle.

À cette vue, des réflexions curieuses m'effleurent l'esprit. Que fera-t-il une fois chez lui ? Mettra-t-il sa lance dans le porte-parapluies ? En tout cas, me dis-je encore, cette lance et ce costume servent à indiquer la force de la tradition tribale. Le vêtement « unique », comme celui des ordres religieux du Moyen Âge, dénote un esprit de groupe, peu ou pas du tout d'individualisme, une soumission à la tradition.

Quatorze heures. Nous cherchons un bel endroit, à l'abri du soleil, où nous arrêter et pique-niquer. Voici une magnifique forêt que nous traversons déjà depuis une demi-heure, toute d'une seule espèce d'arbres, l'eucalyptus argenté. Ce sont des arbres très ombreux, aux branches chargées de feuilles vert sombre, aux troncs bruns bigarrés d'argent. Dans une clairière, nous nous arrêtons, nous descendons. Mais quiconque nous verrait sans nous connaître, de loin, dirait que nous sommes fous, parce que dès que nous sommes descendus, nous nous hâtons de remonter, comme en fuyant avec horreur cet endroit sylvestre, enchanteur et solitaire. C'est qu'à peine le pied mis à terre nous avons été assaillis par des myriades de mouches de la redoutable espèce tsé-tsé. Redoutable non pas tant pour la maladie du sommeil dont elle n'est porteuse qu'une fois sur mille que pour la piqûre, sorte de minuscule coup de stylet qui laisse ensuite une enflure dure et purulente.

Quatorze heures quinze. Nous roulons depuis plus de deux heures, mais la forêt n'en finit pas et nous ne pouvons donc pas nous arrêter pour déjeuner. La répétitivité du paysage africain pendant ce trajet sur la piste déserte, entre les eucalyptus argentés, devient obsessionnelle. Notamment parce que, au cours du trajet, de temps à autre, une mouche tsé-tsé entre dans l'auto et qu'il est alors très difficile de la tuer. J'essaie avec la carte Michelin et avec mon chapeau ; mais la mouche, après le coup, est plus vivante qu'avant, elle doit être cuirassée. Le chauffeur africain, lui, par une ancienne habitude, parvient à écraser la mouche d'un coup sec du revers des doigts.

Seize heures. Nous sortons de la forêt, nous prenons notre déjeuner debout, en posant les conserves de viande sur les ailes de la Land Rover. Du lieu où nous nous sommes arrêtés, au sommet d'une colline, on a une vue imprenable sur un lac à l'eau brillante comme un miroir et immobile, aux rives pleines de promontoires, de baies, de péninsules et parsemé d'îles. Il est mélancolique, mystérieux ; il semble tout à fait inhabité ; les nuages du ciel se reflètent dans ses eaux ; dans les anses, s'étend déjà l'ombre du soir. Quel lac est-ce que ça peut bien être ? Il est innommable parce qu'il est innommé. En Afrique, les lieux n'ont pas de nom, même quand ils en portent un.

IV

LE FAR WEST AFRICAIN DANS LE PAYS DES MANYATI

Kibondo. En voyageant comme nous le faisons pendant des heures et des heures sur une piste déserte, entre deux murailles de verdure noire et hostile, sous un ciel sombre et menaçant, où guette la pluie, il nous arrive de parler de la Tanzanie, pays, comme on dit communément, plein de contrastes. L'un de nous s'étend sur les aspects modernes et progressifs, physiques et sociaux : les terres fertiles autour du lac Victoria, la splendide zone touristique des volcans, avec ses très beaux parcs et ses lodges luxueux ; la côte avec sa vaste capitale moderne, Dar es-Salaam ; la belle ville d'Arusha où le président socialiste Nyerere a promulgué la charte homonyme qui sert de base à la constitution tanzanienne ; Dodoma, la future capitale, avec ses nouvelles constructions. Un autre compagnon de voyage, en revanche, éclaire les aspects, disons, encore arriérés du pays : une économie essentiellement rurale, liée au village et de surcroît de pure subsistance ; des infrastructures rares et insuffisantes ; l'animisme encore très vif sous la fine pellicule d'un socialisme « africain » plus semi-public que démocratique ; des us et coutumes, des situations sociales directement déterminées par l'isolement, par l'autonomie et par le conservatisme tribal. Enfin, à propos de cette persistance de l'ancienne ordonnance tribale, l'un de nous parle de la tribu des Manyati qui vit justement dans la brousse que nous traversons.

C'est une tribu avec laquelle même les Masaï, célèbres pour leur caractère belliqueux, préfèrent ne pas avoir affaire. Peut-être parce que parmi les coutumes des Manyati il y a celle d'une initiation qui impose aux catéchumènes, hommes et femmes indifféremment, le péage funeste d'un homicide, bien entendu d'un ennemi, ou, à tout le moins, d'un ennemi potentiel. Est-ce que c'est vrai ? Est-ce que c'est faux ? Pendant que nous discutons et que la Land Rover roule sur une piste absolument déserte à perte de vue, voici, tout à coup, là-bas, au loin, voici qu'apparaît une silhouette qui, comme nous nous en approchons, se précise de plus en plus, tout en restant petite. Maintenant nous la voyons distinctement : il s'agit d'une fillette, nue, mis à part un pagne blanc crème autour des hanches ; elle doit avoir dix ans ; les jambes robustes et le corps trapu, la tête ronde et dépeignée, elle rit, provocante, et agite les bras, comme pour nous faire signe de nous arrêter. Le chauffeur, aussitôt, accélère ; la petite se jette sous nos roues en agitant les bras ; nous avons tout juste le temps de l'éviter par une violente embardée qui nous fait déraper dans la bourbe du fossé.

Nous sortons du bas-côté, nous nous remettons en

route ; je me retourne pour regarder par la vitre arrière ; la piste est déjà déserte, nulle trace de l'enfant.

Je me rappelle alors soudain le si beau court métrage de Fellini, tiré de la nouvelle de Poe : *Il ne faut pas parier sa tête au diable.* Dans le film aussi, il y a une fillette qui, inexplicablement, joue au ballon en pleine nuit sur un pont en construction. Le héros parie avec lui-même qu'il parviendra à sauter en voiture d'un tronçon à l'autre du pont ; mais un fin fil de fer, tendu à mi-hauteur et invisible, lui coupe net la tête. Je raconte à mes compagnons le film de Fellini, je souligne la coïncidence ; celui qui sait tant de choses sur la tribu des Manyati confirme : ils sont tout nus à l'exception d'un pagne blanc crème opaque autour des hanches ; il ne serait pas étonnant que la fillette ait voulu nous arrêter pour... et ici je laisse chacun libre d'imaginer, mais je préfère ne pas préciser les hypothèses formulées à ce propos, toutes étant, comme dans la nouvelle de Poe et dans le film de Fellini, « diaboliques ».

Nous roulons encore pendant cent kilomètres à travers la brousse habitée par les Manyati invisibles et menaçants, puis arrivons dans un bourg typique de ce Far West africain : voici les petites baraques au croisement de deux pistes avec de petites arcades sous lesquelles se nichent de poussiéreux bazars indiens ; voici le boucher qui expose sur une table quelques viandes noircies et grouillantes de mouches ; voici le tailleur qui travaille en plein air, assis à sa machine à coudre ; voici le barbier qui, lui aussi en plein air, coupe à grands coups de ciseaux les cheveux de son client emmitouflé ; voici la mercière qui, entre autres choses, vend les beaux tissus aux couleurs vives fabriqués en Hollande ou en Angleterre pour les Africaines.

Nous demandons à la cantonade où se trouve une mission, tout en sachant que dans ces régions il n'y a que des hôtels de routiers ; un garçon plus alléché par la perspective de faire un tour en voiture que par l'espoir d'un gain se propose de nous y conduire. C'est désormais le soir, dans la faible lumière du crépuscule nous apercevons, dans un champ de maïs, une silhouette qu'en Europe nous attribuerions à un paysan : robuste, en chemisette à carreaux et pantalon de futaine, un tuyau à la main, il arrose les sillons. Le garçon court le chercher ; l'homme lâche son tuyau d'arrosage et vient à notre rencontre. C'est le missionnaire, un Scandinave de confession luthérienne ; un peu surpris (dans ces régions, les Européens sont rares), mais poli, il nous écoute en inclinant sa tête brûlée par le soleil, aux yeux clairs et à la barbe taillée en collier. Puis, il nous dit que nous avons de la chance : ses quatre fils sont au collège ; il y a donc à la mission quatre lits disponibles pour nous. Il nous précède dans une maisonnette préfabriquée très modeste ; il nous présente à sa femme, personne imposante à la tête menue ; il nous explique qu'ils ont vécu quatre ans en Afrique ; puis ils sont rentrés au pays parce que sa femme était tombée malade ; maintenant il y a un an qu'ils sont à nouveau dans ce pays qu'ils aiment.

C'est à présent l'heure du dîner ; le pasteur nous montre les chambres qui nous sont destinées ; nous passons à table. Il apparaît tout de suite que la mission du point de vue alimentaire est presque autarcique ; la femme fait le pain, le yaourt, la confiture, les gâteaux, etc. ; lui, dans son jardin entretenu avec soin et habileté, cultive du maïs, des papayes, des bananes, des mangues, des oignons, des pommes de terre, etc. Nous mangeons et j'en profite pour regarder autour de moi. La maison est pauvre comme toutes les maisons de missionnaires ; mais le style scandinave, reconnaissable entre tous avec ses meubles sablés, ses tissus vaguement Liberty, ses petits tableaux représentant des fjords, de belles fillettes aux joues rouges, est partout visible.

Le pasteur est prodigue en renseignements sur le territoire où il déploie son activité évangélique. Il confirme point par point les nouvelles encore chaotiques sur les Manyati : oui, ils sont nus et armés de lances, avec un pagne blanc crème autour des hanches ; oui, ils vivent dans la brousse précisément à l'endroit où est apparue la fillette ; oui, ils ont mauvaise réputation. Ensuite, on parle d'autre chose, par exemple de la justice tribale dans les villages. Le pasteur nous dit que dans cette partie si dépeuplée et sauvage de la Tanzanie le contrôle de la police est extrêmement relâché, pour ne pas dire inexistant ; ainsi, comme les vols se multiplient, les villages, désespérés, tout comme au Far West américain du XIXe siècle, ont décidé de rendre justice tout seuls.

Au premier vol, le voleur est conduit devant une assemblée du village et condamné à rendre son larcin et à payer une amende quarante fois supérieure à la valeur de l'objet volé. Mais, au second vol, le récidiviste est condamné à mort, et exécuté avec une lance, publiquement, sur la place du village.

Le pasteur, alors, se lève de table et nous montre la lance avec laquelle, dans de pareils procès (il y en a eu quarante-deux rien que l'année passée), la sentence est exécutée. C'est une lance terrible : le voleur meurt déchiqueté et ensanglanté. Le pasteur conclut en remettant la lance en place : « Ce sont de braves gens, mais il ne faut pas heurter leur susceptibilité en ce qui concerne la propriété privée et les femmes. Deux de nos coopérants blancs laïques, par exemple, il y a un an, ont été tués par les Masaï : peut-être avaient-ils regardé leurs femmes avec trop d'insistance. »

Et la religion ? Le pasteur nous dit que l'animisme est très vivace ; que, de plus, les tribus sont fières, soupçonneuses, conservatrices. Il convient donc d'introduire la lecture de la Bible dans les assemblées de villages, en l'insérant pour ainsi dire dans le contexte païen. Mais il y a encore beaucoup à faire et l'on pourrait faire beaucoup si la mission n'était pas aussi pauvre.

Pendant qu'il parle, avec sérénité et optimisme, je me dis que le fait d'avoir sa famille à ses côtés pour vivre et travailler dans ces solitudes ne doit pas lui être d'un mince secours. Bien sûr, le célibat peut conduire plus aisément à la sainteté ; mais on peut se demander si la solitude africaine ne favorise pas, chez les prêtres célibataires, plutôt la névrose que la sainteté.

Le lendemain, après un trajet épuisant et désespéré à trente kilomètres à l'heure, par un vent qui souffle à trois cents kilomètres à l'heure, sous une pluie battante qui transforme la piste en un cloaque de boue grasse, brillante et liquide, nous avons la confirmation des inconvénients du célibat des missionnaires dans certaines conditions particulières. Nous arrivons à une première mission d'Africains seuls ; nous demandons, toujours sous la pluie qui ruisselle sur nos visages, l'hospitalité pour cette nuit ; nous venons de Rome. Et, en effet, au nom magique de Rome, le visage du missionnaire africain s'éclaire – c'est le cas de le dire selon les mots d'Ungaretti – d'immensité. Mais, tout de suite après, arrive le regret prévu : ils n'ont malheureusement pas de chambres de libres ; mais il y a une autre mission, catholique également, pas très éloignée, où trois missionnaires européens nous hébergeront sans aucun doute. Nous remercions et repartons.

Il avait dit : pas très éloignée. C'est en réalité plus de cent kilomètres de piste qu'il nous faut maintenant parcourir, épuisés et affamés, sous la pluie incessante. Nous sommes désormais dans une région de la Tanzanie plus peuplée et, peut-être, très relativement, plus prospère. Toujours sous la pluie, dans l'air obscurci du soir, nous entrevoyons des villages aux masures modernes à toit de tôle ; nous croisons parfois des camions surchargés, bloqués par la boue ; de temps à autre, avec nos roues, nous éclaboussons de boue des passants consternés, réfugiés le long du fossé sous de grands parapluies noirs.

À la fin, après cent kilomètres de boue et de pluie, nous voici à une bifurcation ; où peut bien être la mission ? Nous voyons un jeune immobile au pied d'un arbre, nous l'interpellons. Il est très beau, avec un visage large et souriant, une carrure d'athlète. Mon regard descend le long de sa robuste personne et alors, non sans horreur, je vois qu'il a les pieds blessés, purulents et bandés, glissés de force dans des souliers déformés en toile, de fabrication japonaise. Je ne sais quelle pommade blanche sort par bulles de son bandage relâché. En tout cas, le jeune accepte de nous conduire ; dans la nuit, nous passons de la piste à un sentier et, au bout, nous trouvons un portail ouvert. Le jeune saute à terre, nous dit au revoir et s'en va.

Nous entrons : nous évitons par miracle une plate-bande qui se trouve juste devant le portail ; nous allons nous arrêter devant la porte du bâtiment habituel d'un seul étage, aux murs nus et noircis par l'humidité, où se trouvent les missions. Notre chauffeur, encore assommé par les quatre cents kilomètres parcourus dans la journée, n'a pas le temps de se ressaisir qu'il est assailli de reproches véhéments, en excellent français, par l'un des trois missionnaires, homme d'âge moyen, à l'aspect de notaire de province, irascible et respectable. Il l'accuse d'avoir roulé sur la plate-bande, accusation infondée, mais nous n'avons pas le temps de le prouver : le missionnaire disparaît sur-le-champ. Il est remplacé par l'un de ses pairs, un Canadien français, lui aussi d'âge moyen, d'apparence douce, urbaine et cultivée, qui nous accueille avec une gentillesse non dépourvue de gêne mystérieuse que nous attribuons à la scène que vient de nous faire son confrère. Il nous dit que le troisième missionnaire, un Anglais, est au lit, en proie à une attaque de malaria ; il nous conduit, dans un couloir large et sinistre, au milieu d'une meute de chiens hargneux, vers le salon. D'habitude, après quelques renseignements sur l'identité des voyageurs et sur le voyage, les missionnaires montrent les chambres et ensuite avertissent que le dîner sera servi à telle heure. Mais cette fois-ci le rituel de l'hospitalité ne se répète pas. Le missionnaire, doux, gentil, amical même, parle, parle, parle, comme on dit, de la pluie et du beau temps ; un embarras croissant rend ses propos irréels, arbitraires, généraux. Nous, malgré notre fatigue, nous lui répondons ; mais rapidement nous nous rendons compte que, tel que c'est parti, nous risquons d'y passer la nuit. Alors, le plus affamé d'entre nous dit qu'il se fait tard et que c'est peut-être l'heure de dîner. Aussitôt le missionnaire, visiblement soulagé, se hâte de nous mener à la salle à manger et nous y laisse soudain sous un prétexte quelconque.

Pendant que nous mangeons mélancoliquement, à la faible lueur d'une seule lampe qui pend à un fil, nos conserves de corned-beef et notre pain rassis, nous avançons beaucoup d'hypothèses sur le comportement singulier des missionnaires. À la fin, c'est la reconstitution suivante qui s'impose : le missionnaire français, que, faute de nom, nous surnommons par commodité le « méchant », irrité à cause de la plate-bande, ne voulait pas nous héberger, et, finalement, n'a pas permis que l'on nous offre à dîner. Le « gentil » missionnaire, lui, voulait nous l'offrir et il était au supplice pendant tout ce temps parce qu'il craignait la réaction contraire du « méchant » missionnaire qui, en effet, l'a emporté.

Quant au missionnaire anglais, il fait une très courte apparition qui nous incite tout de suite à le désigner sous le nom du « missionnaire comme ci comme ça ». Grand, maigre, en peignoir et en pyjama, avec un visage long auquel on ajouterait volontiers une pipe et, pourquoi pas, un monocle, il apparaît vers la fin de notre dîner ascétique et dans un anglais châtié s'informe avec une courtoisie peut-être ironique : Comment allons-nous ? N'avons-nous besoin de rien ? Lui, malheureusement, retourne se coucher parce qu'il a de la fièvre ; en tout cas, il nous souhaite une bonne continuation pour notre voyage. Il disparaît ; à sa place, revient le missionnaire « gentil » qui nous conduit dans nos chambres respectives, qui se révèlent être des salles dégoûtantes, avec différents petits lits de camp et de vieux trépieds qui soutiennent des cuvettes et des cruches. Juste à l'instant où il va prendre congé, voilà que je trébuche sur un fil électrique qui serpente par terre et que je n'avais pas vu, et toute la mission est aussitôt plongée dans le noir. Le « gentil » missionnaire disparaît un long moment ; nous sommes dans l'obscurité, flairés et frôlés par ces innombrables chiens menaçants et grondants. Enfin, revoici le « gentil » missionnaire ; il tient deux lampes à pétrole, une à chaque main. Il s'excuse de l'incident de l'électricité, comme si c'était sa faute ; il insiste en nous souhaitant une bonne nuit et en se présentant successivement dans chaque pièce.

Nous dormons comme des bûches sourdes, aveugles et immobiles huit heures d'affilée ; un rayon de soleil scintillant et déjà ardent nous réveille, nous révèle la peinture verte de la pièce, les lits de camp défaits, les cuvettes et les cruches à fleurs, de fabrication chinoise. Nous prenons rapidement notre petit déjeuner avec du thé de Tanzanie (très bon), du pain rassis et un reste de confiture ; ensuite nous allons dire au revoir au « gentil » missionnaire, et payer, comme c'est l'usage dans les missions, la note, toujours modeste, pour l'hospitalité que nous avons reçue. Nous le trouvons dans son bureau, lui aussi très pauvre, avec en plus l'air de laisser-aller poussiéreux que nous avons déjà remarqué dans cette mission dirigée par trois hommes seuls. Nous nous asseyons devant le bureau, jonché de papiers en désordre ; nous demandons combien nous lui devons. Il ne veut absolument pas nous le dire ; finalement nous laissons une offrande pour la mission ; nous ajoutons quelques boîtes de viande et de fruits ; nous lui exprimons sincèrement notre reconnaissance pour son accueil. Toujours doux et attentionné, il nous raccompagne à la Land Rover ; nous partons entre deux rangs attentifs et amusés d'habitants du village voisin qui s'assemblent, ce matin, comme à l'accoutumée, pour recevoir des missionnaires des médicaments, des conseils, un réconfort. La pluie a cessé ; le soleil baigne de lumière la piste inondée.

V

AU CŒUR DE L'AFRIQUE, UN LAC DE CÔME

Neuf heures. Nous nous arrêtons au poste de frontière tanzanien, au sommet d'une colline pelée, à deux cents mètres d'altitude. Il y a une masure, une hampe sur laquelle claque le drapeau tanzanien, des vaches éparpillées dans les prés galeux ; quatre soldats qui jouent aux cartes, assis sous la petite arcade. Un soldat nous informe que nous sommes les premiers étrangers à passer par là depuis une semaine. Nous descendons avec nos passeports, nous entrons dans le bureau de la douane. Nous sommes frappés par une odeur âcre et rancie de laitage : il y a certainement du lait quelque part ; peut-être qu'à la place des bureaux et de la paperasse il y a carrément une vache dans une des pièces de la douane. Peu après, nous quittons définitivement la Tanzanie et nous prenons un sentier cahoteux qui zigzague en des virages aigus sur une colline, la première des cent mille (ou peut-être même du million) qui, très peuplées, sous le nom de Burundi et de Ruanda séparent les steppes inhabitées du Far West tanzanien des forêts également inhabitées du Zaïre.

Dix heures. Nous montons de plus en plus, au point que nous finissons par nous demander : « Qu'est-ce qu'il peut bien y avoir là-haut ? Qu'est-ce qu'on va voir ? », que d'en bas nous ne pouvons pas nous représenter. Mais la question, pour l'instant, ne trouve pas de réponse. Comme nous arrivons au sommet de la colline, une mer de collines verdoyantes et dépeuplées s'étend à perte de vue. Nous descendons dans une vallée épaisse et ensoleillée, voici le poste de frontière du Burundi. Une maison déserte et solitaire, une barrière peinte en rouge et blanc, un chien qui se gratte les puces au milieu de la piste, un poteau avec une pancarte sur laquelle le mot « Royaume » a été effacé et remplacé par celui de « République ».

Ici aussi, les douaniers semblent surpris de notre passage ; personne à ce qu'il semble n'entre au Burundi par la Tanzanie ou vice versa.

Onze heures. La question « Qu'est-ce qu'il peut bien y avoir là-haut ? Qu'est-ce qu'on verra ? », après avoir escaladé et dévalé une dizaine de collines, trouve enfin sa réponse : « là-haut » se trouve un légendaire, un irréel plateau émaillé de galets jaunes et de prairies très vertes, suspendu, dirait-on, dans le vide, comme la ville swiftienne de Laputa.

Nous nous arrêtons, nous regardons. Au-delà du bord du plateau, on devine le gouffre au fond duquel s'étend le lac Tanganyika. Maintenant, remontant du gouffre, voici que débouche sur le plateau une foule tranquille, silencieuse et bien habillée qui avance en ordre épars. Par petits groupes, certains isolés, d'autres agglutinés, d'autres encore en rang. En Amérique, on penserait au retour d'une communauté sortant du service religieux dans quelque église perdue du Far West ; ici, en Afrique, notamment à cause des innombrables paniers, couffins, balluchons et paquets que femmes et hommes portent sur la tête, nous comprenons que la foule revient du marché, lieu social en Afrique, autant et plus que les églises en Amérique. Pourquoi cette foule, plutôt que de le rendre plus réel, accentue-t-elle le caractère mythique du lieu ? Parce qu'elle est très nombreuse et que nous ne savons ni d'où elle vient ni où elle va, comme ça, à pied, légère et sereine, dans cette solitude alpestre. Il me revient alors à l'esprit de vieux contes et légendes africains. Oui, je me trouve moi aussi dans un conte africain, comme *Ma vie dans la brousse des fantômes*, l'un des si beaux récits du Nigérian Amos Tutuola où, se référant à une légende yoruba, il raconte l'histoire d'un homme qui descendit dans le monde des morts, fit la connaissance d'une famille de morts, épousa une morte, fit des affaires avec les morts et, naturellement, fréquenta les marchés des morts.

Douze heures. Voici le marché. La foule que nous avons croisée sur le plateau en venait bien ; une foule aussi nombreuse se presse dans les étroites travées, entre les étalages. Je retombe moi aussi dans la fascination du marché africain, peut-être parce que je viens des steppes de l'ouest de la Tanzanie où les marchés n'existent pas ou sont très réduits. J'ai l'intention de n'acheter que le strict nécessaire pour la poursuite du voyage, et pourtant toute la marchandise exposée à l'étal m'excite et me fascine.

Je réfléchis à ce sentiment d'ivresse et je me dis que le marché africain enivre parce qu'il simule l'abondance la plus effrénée dans un continent où la rareté est la règle. Tous ces sacs de graines, ces tas d'épices, ces batteries de vaisselle chinoise à fleurs, ces expositions de cotonnades hollandaises, ces montagnes de poissons de lac ou de rivière, déjà fumés, ces quartiers de viandes mystérieuses (bœuf ? buffle ? porc ? gnou ? zèbre ?) pendus aux crochets ou équarris à grands coups de couperet sous les yeux de petites foules extatiques, ces paniers de bananes à frire et ces sacs de manioc en petits morceaux blancs à bouillir montent à la tête de l'acheteur sans le sou qui défile lentement le long des étalages et, si ça se trouve, rentrera chez lui avec quelques morceaux de manioc et une paire de bananes empaquetées dans du papier journal.

En tout cas, nous achetons des fruits (bananes, papayes, mangues, ananas) ; nous achetons du pain (baguettes, parce que nous sommes en pays francophone ; en Tanzanie, pays anglophone, le pain est de type anglais, carré, blanc et humide) ; nous achetons également quelques pièces de coton, de celles que les femmes mettent autour de leur corps. À propos de ces tissus, il paraît que tous les ans des inspecteurs viennent des Pays-Bas où ils sont fabriqués et font une espèce d'étude de marché pour savoir quel est le goût du moment. Par exemple, quand je me trouvais en République centrafricaine, sous Bokassa, la mode voulait qu'on porte le portrait du despote sur le ventre et le décalogue de son programme (loger, nourrir, habiller, instruire, transporter, etc. ») sur les fesses. Ici, les tissus sont plus abstraits, selon un goût à moitié cubiste et à moitié Liberty, et le fond, sur le bord, contient l'inscription en majuscules et en swahili d'une maxime morale et religieuse. Après ces achats, nous prenons des photos. Quelques femmes se cachent le visage derrière leurs bras ; d'autres posent, souriantes ; d'autres encore feignent de ne pas s'en apercevoir. Nous photographions également les magiciens et les tablettes vacillantes sur lesquelles sont proposés les prétendus « remèdes » africains, pour la plupart des liquides et des poudres aux couleurs vénéneuses contenus dans de vieux flacons de parfums de Paris. Ensuite, nous retournons aux Land Rover. Surprise : les chauffeurs ne sont pas là. Nous attendons une heure sous le soleil tapant. Les voici enfin, les mains vides, naturellement ; ils n'ont rien acheté, mais ils ont pris une collation substantielle.

Douze heures. Voici, au bout d'une longue avenue d'eucalyptus, le lac Tanganyika. Il se révèle en éventail : d'abord une baie assez resserrée, puis de plus en plus large, enfin le lac ou plutôt la mer (il est aussi grand que l'Adriatique) s'étend sur toute la largeur de l'horizon. Il est blanc, immobile, sans lumière, pareil à l'œil d'un aveugle. Nous prenons la piste qui le longe, piste pompeusement qualifiée, sur la carte Michelin, de « parcours pittoresque ».

Treize heures. Le « parcours pittoresque » est un enfer. Ils sont en train de refaire (ou plutôt de faire pour la première fois) la route des bords du lac qui mène ou plutôt mènera à Bujumbura, capitale du Burundi ; quiconque n'a pas vu les Africains au travail avec les moyens les plus modernes ne peut pas imaginer ce que donne l'alliance de la mécanique et de la vitalité de la « brousse ». Maintenant, nous avons à gauche le lac désormais réduit à une anse étroite et à droite la côte. Entre la côte et la piste, d'énormes bulldozers, d'immenses excavatrices, de colossales autochenilles vont et viennent dans la boue, manœuvrés avec autant de désinvolture que si c'étaient des charrettes à main ou des triporteurs.

Les pneus gigantesques s'enfoncent à moitié dans les ornières, font gicler une boue chocolat de part et d'autre. Les conducteurs de bulldozers, suspendus en l'air dans leurs cabines, lancent à toute allure leurs dinosaures aux gueules métalliques béantes et, dirait-on, prêtes à nous happer. Pendant ce temps, répandus sur la côte, debout sur d'immenses plateaux de schiste, les hommes aux marteaux-piqueurs, enveloppés dans une poussière couleur de mastic, font trembler de leurs trépans fracassants à la fois l'air et la roche. Naturellement, nous avançons à dix à l'heure ; de temps à autre, nous sommes confrontés à un choix difficile : vaut-il mieux prendre à droite, dans les profondes ornières boueuses ? Ou à gauche, dans les cailloux entassés par la récente explosion d'une mine ?

Quatorze heures. Nous sommes toujours aux prises avec la boue, le bulldozer, les marteaux-piqueurs. Une discussion survient : devons-nous visiter Bujumbura ou simplement y dormir et ensuite poursuivre au plus vite vers Bukavo, au Zaïre ? C'est la deuxième proposition qui l'emporte. Nous reviendrons plus tard à Bujumbura, quand nous visiterons le Ruanda.

Quinze heures. Boue, bulldozer, marteaux-piqueurs, mines.

Seize heures. Boue, bulldozer, marteaux-piqueurs, mines.

Dix-sept heures. Brusquement, passant d'une piste non carrossable à la fluidité de l'autoroute, voici que nous bifurquons sur une route goudronnée sur laquelle, débouchant on ne sait d'où, roulent de puissantes limousines et de petites voitures rutilantes. Le lac est pourtant toujours sur notre gauche, blanc et immobile. Là-bas, au loin, nous apercevons, au-delà du lac, sur la rive zaïroise, une longue chaîne de montagnes que les étranges perspectives africaines, toujours trompeuses, font paraître majestueuses et élevées. Ce sont les montagnes du Zaïre, excessivement sauvages et encore maintenant, à ce qu'il paraît, contrôlées par des rebelles armés contre le gouvernement de Mobutu. Nous roulons pour une fois à la vitesse maximale ; dans l'air obscurci du soir s'allument soudain des enseignes criardes et violettes. Nous sommes justement à Bujumbura.

Dix-neuf heures. De la fenêtre de l'hôtel, j'ai une vue sur Bujumbura, capitale du Burundi. Une colline noire se découpe sur l'étoilement violent du ciel ; d'innombrables colliers de perles jaunes l'ornent comme le cou d'une belle femme. Ce sont les lueurs des nombreuses artères tracées selon un plan urbain très moderne, le long desquelles se dresseront les maisons de la Bujumbura de l'an deux mille. Pour l'instant, il n'y a que ces avenues, sur des kilomètres et des kilomètres, où roulent peu de voitures et le long desquelles déambulent de mélancoliques passants résignés. Toutes les nouvelles capitales africaines ont été planifiées de cette manière : un petit noyau commercial et puis des routes infinies avec quelques bâtiments çà et là, très distants les uns des autres. Notre hôtel se trouve au bout d'un de ces boulevards.

Douze heures. Après une promenade sommaire dans Bujumbura, nous repartons pour Bukavo, au Zaïre. La route d'asphalte devient presque aussitôt l'habituelle piste escarpée et boueuse qui donne un caractère aventureux aux voyages en Afrique. La piste monte et descend d'une colline à l'autre, le long d'un fleuve dont le nom m'est vaguement connu, le Ruzizi. On m'explique que ce fleuve fut « découvert » par Livingstone. Mais pourquoi « découvert » ? Ne coulait-il pas là depuis toujours ? Les ancêtres des innombrables Africains qui vivent dans les villages le long de la piste ne le connaissaient-ils pas parfaitement ? Dans ce verbe « découvrir » est condensée toute la présomption du colonialisme. Et aussi de l'exotisme : au début du XIXe siècle, les lords anglais du *grand tour* ne « découvraient »-ils pas les pays déjà « découverts » depuis des siècles comme l'Italie et la Grèce ?

Treize heures. Collines, collines, collines, en tous sens, avec le Ruzizi qui tantôt apparaît, tantôt disparaît, tantôt torrent hostile, tantôt lac paisible et miroitant. Étrange plaisir que de connaître le nom d'un fleuve, après en avoir tant vu que l'on ne savait nommer. Peut-être est-ce à cela que tient l'unique résultat positif de la « découverte » de l'Afrique ! Nous nous arrêtons sur un belvédère au-dessus du Ruzizi, et nous prenons notre déjeuner.

Seize heures. Frontière avec le Zaïre. Maisonnette de la douane, barrière zébrée, hampe et drapeau. Comme d'habitude, nous sommes les seuls à la franchir. Ou plutôt non : quatre, cinq, six, sept, huit singes cynocéphales, sans passeport ni bagage (il y a cependant deux mères qui portent sur le dos, affectueusement enlacés, leurs petits), traversent par petits groupes la frontière en sautant, leur queue dressée, jaillissent de la brousse du Burundi, disparaissent dans celle du Zaïre.

Dix-sept heures. Voici Bukavo, elle aussi juchée sur de nombreuses collines, en vue du lac Kivu.

Nous montons et descendons sur des routes escarpées, mais par ailleurs identiques aux rues des centres commerciaux des petites villes africaines ; un jeune Grec que nous avons pris en stop à la frontière jusqu'à Bukavo nous conduit dans un hôtel situé au bord du lac. C'est un hôtel style 1900, pas très grand, vieillot, triste et propre. Je suis très fatigué, couvert de poussière rouge et d'éclaboussures de boue ; je vais directement à la fenêtre, je l'ouvre en grand et je vois... le lac de Côme. Mêmes hautes collines qui tombent à pic sur le lac ; mêmes eaux rêveuses, ombreuses, immobiles, dans lesquelles tremblent et se confondent les nuages blancs du ciel.

Pour imiter Manzoni, de quelle « branche du lac de Côme » peut-il bien s'agir ? Celle de Lecco ? Ou celle de Côme ? Halluciné, ravi, je m'attarde longtemps à la fenêtre, en contemplant ce lac africain si mystérieusement italien par les particularités de sa beauté ; ensuite je rentre dans ma chambre, je prends ma douche et me jette sur mon lit ; encore deux heures avant le dîner, je vais lire, plaisir presque aussi grand que la douche après des centaines de kilomètres de piste africaine. En partant, j'ai pris au hasard quelques livres de poche, ce qui est moins encombrant en voyage. Voici une anthologie de Leopardi. On va me dire : pourquoi Leopardi en particulier ? Et je répondrai : par contraste. Et puis l'Afrique et le Lucrèce italien (c'est ainsi qu'on l'appelle parfois), au-delà du contraste, s'accordent très bien. Je lis quelques poèmes ; je lis une lettre dans laquelle Giacomo se plaint de l'étendue de Rome, de la longueur interminable des rues romaines. On voit qu'il n'a pas connu Bujumbura ! Au son du gong qui annonce le dîner, je saute à bas de mon lit et descends au rez-de-chaussée.

Vingt heures. Surprise ! Dès que nous sommes à table, nous apprenons qu'à cause du rallye des grands lacs la piste de Bukavo à Goma sera barrée demain à partir de huit heures du matin. Comme le trajet représente huit heures d'une piste réputée impraticable, nous devons partir de Bukavo à deux heures et demie du matin, c'est-à-dire en pleine nuit et après à peine quatre heures de sommeil. Pour le reste, notre retour au Zaïre s'annonce sous un jour favorable. L'hôtel est sympathique et le cuisinier montre victorieusement ses talents dans quelques plats bien connus de la cuisine française. Et ensuite le lac Kivu ! Que de fois je l'avais regardé sur la carte ! Maintenant je sais comment il est ; il est pareil à un gigantesque lac de Côme.

Vingt et une heures. Décidé à dormir à tout prix, je prends un somnifère et, ensuite, avant de m'endormir, je vais jeter un coup d'œil au lac. C'est la nuit, dans un ciel étoilé qui fait penser aux ciels nocturnes et fous peints par Van Gogh ; la lune, fine et brillante comme une cisaille de métal jaune, est à peine visible. Je regarde les astres et la lune et j'éprouve un sentiment d'étrangeté que, cependant, dans ma hâte de me coucher, je n'analyse pas aussitôt. Dès que je suis endormi, je fais une quantité de rêves embrouillés. Puis, avec une parfaite clarté, m'apparaît non pas Manzoni, comme ce serait logique après que j'ai comparé le lac Kivu au lac de Côme, mais Leopardi. Il est assis sur une chaise, les jambes croisées, et regarde la pointe de son pied qu'il balance en l'air comme quelqu'un d'impatient. Soudain on frappe brutalement à ma porte ; je me réveille, je cours tout de suite à la fenêtre et je regarde la nuit. Tout à coup, s'éclaircit dans mon esprit l'énigme de ce sentiment d'étrangeté que j'ai éprouvé avant de me coucher, pendant que je contemplais le ciel nocturne.

C'est qu'il ne s'agit pas du ciel que je suis habitué à observer la nuit, en Italie ; c'est le ciel de l'hémisphère austral, avec des étoiles complètement différentes et regroupées différemment.

Et je me dis que le début des *Ricordanze* léopardiennes avec cette indication astronomique : *Vaghe stelle dell'Orsa...* [« Vagues étoiles de la Grande Ourse... »] n'aurait pu être écrit à Bukavo. À la rigueur : *Vaga stella polare* [« Vague étoile polaire »] ; mais le pluriel, *stelle*, tellement plus poétique et cette *Orsa* qui nous est si familière se seraient perdus.

Trois heures. Départ dans la nuit. À cause de la fatigue, j'avais eu, hier, une extrême répugnance pour le départ avant l'aube. Mais une fois sur la piste, dans le noir le plus total, je m'aperçois que je suis content de ce voyage avant le jour parce que, du moins pour moi, il est « nouveau ». Dans la nuit, la Land Rover roule ou plutôt s'achemine lentement de creux en bosse, de bosse en creux ; des deux côtés de la piste, dans l'obscurité, errent d'innombrables lucioles pareilles à des phares minuscules dont chacun indique une direction différente. Mais à un carrefour les lucioles ne suffisent pas. Pour être guidés, nous prenons à bord un Africain qui marche tout seul le long de la piste. C'est un brave père de famille ; il va rendre visite à son fils qui a été hospitalisé à l'hôpital de Goma, il y a quelque temps. Et comment aurait-il fait pour y parvenir, lui demandons-nous, la route est longue. Il répond avec simplicité : « À pied ».

Quatre, cinq, six heures. L'aube perce entre les feuillages noirs des arbres ; dans cette lumière incertaine et grise, nous entrevoyons de grands miroirs d'eau immobile et métallique, de noires péninsules, de noires îles, de noirs promontoires et de noirs rivages. Le lac Kivu est incroyablement déchiqueté ; on est frappé, quand on vient d'Europe où des lieux aussi pittoresques sont désormais défigurés, par l'aspect totalement sauvage de ces berges.

Neuf heures. Nous sommes en plein jour ; le soleil tape. Et voici, tout à coup, le rallye : une demi-douzaine d'automobiles basses et puissantes, rouge feu, couvertes d'autocollants, de plaques, d'étiquettes poussiéreuses, boueuses, s'élancent en vrombissant avec rage sur cette même piste que nous venons de parcourir si lentement. Deux rangs d'Africains, en tous points semblables, dans leur naïf fanatisme sportif, aux foules européennes, regardent bouche bée les monstres de métal qui bientôt violeront le silence et la solitude de l'Afrique.

VI

LE GORILLE EST L'ERMITE DU DERNIER ÉDEN

Kigali. Un entrelacement étrange, exubérant, de branches, de feuilles et de fleurs gagné, dirait-on, par une vitalité à la fois luxuriante et assoupie, hypertrophiée et molle, comme dans une serre chaude, comme dans un tableau onirique du Douanier Rousseau. Une jeune femme en chemisier et en jean apparaît sur le fond de ce sous-bois délirant.

Circonspecte et désinvolte, méfiante et prudente, elle paraît chercher quelqu'un ou quelque chose qui, comme cela se produit quand on arrive en avance à un rendez-vous, n'est pas encore là, mais pourrait être là. Elle regarde autour d'elle, se meut avec précaution, elle s'arrête de temps à autre, elle attend. Qu'attend-elle ? On dirait qu'elle attend que ceux qui la regardent du fond d'une cachette, derrière les feuillages, se sentent rassurés et se décident à sortir à découvert. Mais rien ne se passe. Alors, la femme, d'un pas lent et cauteleux, va s'asseoir sur un monticule et, une fois qu'elle a trouvé son équilibre, se met à faire quelque chose d'absolument imprévu : elle se gratte la tête d'une seule main.

Elle se gratte et regarde avec insistance un petit espace apparemment vide, dans l'épaisseur du feuillage, devant elle. Encore une fois, rien ne se produit, la femme se gratte, mais l'espace entre les feuilles reste vide. Alors, tout en continuant à se gratter d'une main, la femme tend l'autre pour arracher une poignée d'herbes qu'elle se fourre dans la bouche et mâche avec une étrange bonne volonté. Par instants, comme pour commenter ce repas végétal, elle grogne goulûment. Mais évidemment, toute cette mimique provocante ne suffit pas. La femme, tout à coup, cesse de se gratter, de ramasser de l'herbe, de grogner, elle porte les mains à sa poitrine, elle se frappe avec les poings. À ce geste, finalement, dans l'espace vide, entre les feuilles, apparaît soudain quelque chose de noir et de brillant. On dirait deux yeux, sous lesquels, cependant, il n'y a pas un nez mais une espèce de dépression luisante qui se termine par deux trous pareils aux orifices d'un fusil à deux canons. Sous ces narines énormes, la bouche est proéminente, mais sans lèvres. Maintenant l'espace entre les feuilles s'élargit et une présence se dévoile brusquement.

C'est la présence massive et sombre d'un colossal gorille aux bras et aux jambes épais comme des troncs, au ventre ballonné et recouvert de poils. À peine le gorille apparaît-il qu'aussitôt la femme en jean s'allonge par terre, précautionneuse et toutefois engageante, sur une couche d'herbes et de lianes. Elle est sur le dos, elle regarde ce que fait le gorille et, en même temps, se remet à se gratter et à gémir doucement.

Le gorille, attiré sans doute par ces gestes et par ces sons pour lui si familiers, s'approche en titubant, hésite et ensuite, d'un seul coup, s'allonge à son tour près d'elle, tout comme un mari encore timide près de sa femme. Il s'allonge sur le côté et son ventre énorme recouvre à moitié la cuisse de la femme. Quelques instants d'hésitation méditative s'écoulent : ensuite le gorille se décide et monte sur la femme avec son gros corps noir, obèse et velu.

L'intention semble claire, on s'attend à une étreinte monstrueuse du genre de celles si souvent racontées dans la mythologie antique, mais encore une fois ne se produit pas ce que la scène semble annoncer. À mesure que son corps se rapproche de celui de la femme, les gestes du gorille deviennent plus légers, plus prudents, plus discrets, plus respectueux. Il ne veut pas s'accoupler ; il veut, dirait-on, simplement manifester un sentiment affectueux. En effet, à la fin, les voici dans les bras l'un de l'autre, la femme et le gorille, la grosse tête noire prognathe de l'un serrée contre la petite tête blonde de l'autre. Le gorille regarde fixement dans les pupilles bleues de sa compagne ; elle, intrépide, enfonce à son tour son regard dans les petits yeux ténébreux de l'animal.

La lumière s'allume et nous quittons nos fauteuils d'où nous avons regardé, figés, le souffle coupé, le film sur le gorille et une zoologue américaine. Nous sommes chez l'écologiste belge Alain Monfort ; malheureusement, malgré notre curiosité, nous devons nous contenter de ce film et des renseignements que notre hôte nous fournira : aller voir directement les gorilles signifierait faire une véritable ascension dans la région montagneuse du Parc des

Volcans et nous n'en avons ni le temps ni les moyens. Toutefois, Monfort est prodigue en renseignements sur l'extraordinaire anthropoïde, sur ses habitudes et sur son destin. En réalité, nous dit Monfort, le gorille est un symbole de la lutte que l'on est en train de mener pour sauver « la forêt africaine de haute altitude » dont le grand anthropoïde est l'habitant exclusif.

S'il s'agissait simplement de sauver le gorille, continue Monfort, le parti le plus simple serait de capturer les grands singes et de les transplanter dans quelque réserve en Europe ou aux États-Unis. Avant tout, ce serait avantageux du point de vue économique grâce au billet d'entrée dans le parc. Mais à part la satisfaction d'avoir mis à l'abri un matériau génétique qui a la particularité d'être très semblable à celui de l'homme, un parc de gorilles ailleurs qu'en Afrique n'aurait pas de sens. Au contraire, sauver l'écosystème de la « forêt de haute altitude » serait de la plus grande importance. Et cela pour les raisons suivantes :

1. L'écosystème de la « forêt de haute altitude » est devenu très rare et son aspect scientifique (équilibre naturel et adaptation écologique aux conditions d'altitude) peut être capital pour l'avenir de l'agriculture dans la région des gorilles et dans d'autres régions géologiques et climatiques analogues.

2. Le sauvetage de la région des gorilles a une importance esthétique et historique considérable. Ce serait comme de sauver un monument qui témoigne non seulement du génie de l'artiste qui l'a créé, mais aussi de l'histoire de la société qui en a voulu la

création. La nature a son histoire : le Parc des Volcans de Virunga est un témoignage précieux de cette histoire. Détruire le Parc des gorilles équivaudrait à détruire Notre-Dame.

3. D'un point de vue économique, le tourisme dans le Parc des Volcans a fait en 1982 encaisser de six à sept millions de dollars au Ruanda, le plaçant ainsi à la septième place dans les industries d'exportation du pays, après le café, les mines et le thé.

4. Enfin, le Parc des Volcans recueille dix pour cent des eaux du pays et les libère progressivement pendant la saison sèche, évitant ainsi les érosions provoquées par des alluvions trop rapides.

Nous demandons alors au courtois écologiste quelques renseignements, disons plus intimes, sur le gorille.

Il apparaît aussitôt que le gorille justifie pleinement sa réputation d'animal sauvage semblable à l'homme. La vie du gorille est une démonstration éloquente. Il pèse deux kilos à la naissance, il est allaité avec amour par sa mère pendant deux ou trois ans, jusqu'au moment où elle se retrouve à nouveau enceinte. De trois à six ans, le gorille est un bébé qui s'éloigne peu de ses parents. De six à huit ans, il devient « sous-adulte », c'est-à-dire enfant, et commence à se montrer autonome. À l'âge de huit ans, le gorille atteint la maturité sexuelle et peut être dit adulte. Mais il n'a pas encore le poil argenté sur le dos, signe de pleine virilité, c'est encore ce qu'on appelle un « dos noir ». Quand sa toison dorsale s'argente, le jeune gorille quitte sa famille et s'en va tout seul dans la forêt pour se trouver une compagne.

Quand il l'a trouvée, il formera un autre groupe ou famille, en y incluant progressivement d'autres femelles et les enfants qu'elles lui donneront. Bref, la perpétuation de l'espèce semble être le vrai but de la vie du gorille, ni plus ni moins que celle de l'homme.

Le déclin du gorille est aussi triste que celui de l'homme. Incapable de procréer à un âge avancé, il se voit peu à peu remplacé par un mâle plus jeune qui commence par lui voler ses femelles et ensuite le commandement du groupe.

La journée du gorille est divisée en quatre parties. Comme l'homme, le gorille consacre une partie de son temps à la recherche de la nourriture (l'homme appelle ça travail), une partie au jeu (l'homme appelle ça flirt, érotisme, sport, loisirs, etc.), une partie à l'épouillement (l'homme appelle ça hygiène), enfin une partie au sommeil. Le gorille vit selon la nature et dort donc du crépuscule à l'aube et mange tout le temps qu'il ne consacre pas au jeu, au sommeil et à la toilette.

Que mange le gorille ? À la différence de l'homme, il est rigoureusement végétarien, il se nourrit d'orties, de germes de bambou, de céleri sauvage et d'une liane particulière qui s'appelle galium. Quoi encore ? Le gorille se prépare tous les soirs, avec des lianes et des herbes, une couche nouvelle. Le gorille est-il triste, est-il gai ? Le gorille est gai quand le soleil brille, triste quand il pleut et, comme il vit au sommet de montagnes très élevées sur lesquelles il peut pleuvoir pendant plusieurs mois d'affilée, il est souvent triste. Est-ce que le gorille parle ?

La question est controversée. Disons qu'il exprime les sentiments les plus divers avec des sons différents, facilement interprétables. Monfort me dit alors qu'une autre zoologue américaine (les femmes, semble-t-il, s'intéressent plus que les hommes aux gorilles) serait parvenue à enseigner à un gorille le langage des sourds-muets ! À la phrase : « Je vais voir tes frères du Parc de Virunga », le gorille aurait répondu : « J'espère qu'ils seront gentils avec toi. »

Mais tout le monde n'est pas convaincu de l'humanité du gorille, par ailleurs si marquée qu'elle conduit certaines de ses admiratrices, comme la célèbre écologiste Dian Fossey, à la contrefaire ne fût-ce que pour entrer dans ses bonnes grâces. Pour les braconniers, par exemple, et pour leurs maudits clients, le gorille est un animal sauvage comme les autres, à tuer à coups de lance pour embaumer ensuite sa tête et la vendre comme un trophée de chasse.

Il n'est malheureusement pas rare, par conséquent, de trouver le cadavre décapité de l'anthropoïde, dans les profondeurs de la forêt, témoignage glaçant d'une véritable tragédie, que l'on serait tenté de qualifier d'humaine plus qu'écologique. En outre, la mort violente d'un gorille, surtout s'il s'agit d'un mâle adulte, provoque la désagrégation du groupe auquel il appartenait. Le groupe se disperse, les femelles ne savent plus à qui obéir ; les petits ne sont plus soignés ; les jeunes se disputent pour la possession des veuves. Naturellement, cela se produit plus ou moins chez tous les mammifères. Mais avec le gorille, on ne peut s'empêcher de se sentir solidaire, à cause de sa si déconcertante physionomie humaine.

Quelques jours plus tard, je m'envole de l'aéroport de Kigali, à bord d'un petit mais robuste bimoteur à huit places. L'avion prend de l'altitude en peu de temps et nous voici maintenant en train de survoler le Parc des Volcans de Virunga, repaire des cent cinquante derniers gorilles vivants. Tout d'abord nous survolons un chaos de croupes de collines séparées par de profondes vallées, ensuite le paysage s'ordonne, acquiert une physionomie précise de montagne, mais avec des monts qui ne sont pas des monts, plutôt des volcans, c'est-à-dire des cônes très réguliers aux sommets tronqués. Pareil à une mouche métallique vrombissante, l'avion se glisse avec détermination entre deux volcans dans une espèce de gros canal.

Alignés les uns après les autres, tous recouverts d'une forêt frisée et noire qui ressemble à une fourrure, les volcans font penser, par association d'idées, à autant de gorilles gigantesques, aux dos ronds et aux fronts bas. Alors, pendant que l'avion passe d'un volcan à l'autre, me reviennent à l'esprit des descriptions récemment lues ou entendues de la « forêt de haute altitude », où vivent les gorilles et que Monfort voudrait sauver avec le tourisme.

C'est la forêt où Dian Fossey, grande misanthrope et grande amie des gorilles, a vécu pendant treize ans. À plus de trois mille mètres d'altitude, la forêt tropicale est riche en fleurs charnues, en feuillages velus, en branches musclées, en lianes serpentines et presque toujours enveloppée dans une brume humide et dégoulinante d'une blancheur cotonneuse, dans laquelle les couleurs et les formes se voilent et se dissolvent et les bruits s'éteignent. Dans ce brouillard vaporeux et immobile, le gorille vit avec ses femelles, ses petits et ses rivaux une vie que l'on peut sans doute qualifier de familiale.

Le gorille est-il satisfait de cette vie d'ermite marié ? Tout à coup, pendant que l'avion vire et se renverse et que les volcans me viennent, pour ainsi dire, en plein visage, je formule une réflexion qui peut expliquer peut-être la mélancolie mystérieuse qu'on lit dans les yeux du gorille. Je me dis que le gorille est un Adam repenti qui, après le péché, en est arrivé à un compromis avec le Créateur : tu ne me chasses pas de l'Éden et moi, en échange, je renonce à devenir un homme, autrement dit un être rebelle qui se développe et progresse. Bref, le gorille aurait payé par l'immobilité de l'espèce le droit de rester au paradis terrestre, comprenez au Parc de Virunga, et sa mélancolie viendrait du fait qu'il n'est pas sûr d'avoir contracté avec le Créateur un pacte avantageux. Avant tout, les agriculteurs affamés de terre cultivable essaient par tous les moyens de détruire la « forêt de haute altitude » pour y planter leurs bananiers et il ne fait pas de doute qu'un jour ils y parviendront.

Alors, où ira l'Adam repenti du Ruanda ? Le Créateur aura-t-il envie de lui procurer un nouvel Éden, aussi fantasmagorique et solitaire que celui de Virunga ? Mais le gorille, d'autre part, ne peut pas revenir en arrière et remonter au jour où il échappa à l'exclusion du paradis en se soumettant aux lois de la nature. Les Dian Fossey peuvent toujours tenter de lui parler, de communiquer, de vivre avec lui, leurs efforts témoignent plus d'un désir inconscient, chez elles, de rentrer dans l'Éden que d'une disposition du gorille à en sortir.

L'avion cesse de virer, il se redresse, pique vers une lumière éblouissante qui se révèle finalement être un lointain miroir d'eau frappé par le soleil qui se couche. C'est le lac Kivu vers lequel les volcans allongent, comme des bras vigoureux, leurs pentes couvertes de forêts. Un lac parsemé d'îles, de péninsules, de golfes et de plages dont l'aspect désert rend vraisemblable, une fois de plus, l'idée d'un paradis terrestre dans lequel les hommes ne pourraient plus vivre qu'en revenant en arrière et en retrouvant la condition du gorille.

VII

LE LION AUSSI FÉROCE QUE L'HOMME

Kigali. Guy et Gérard Vienne ont publié un livre sur le Parc d'Akagera, au Ruanda. Dans ce recueil plein de photographies magnifiques et d'observations pénétrantes sur la faune du parc, ils disent, à un certain moment : « Nous nous élevons contre une représentation rassurante des lions. Ils tuent et dévorent, c'est la loi de la nature. Et nous ne pouvons pas tricher pour faire plaisir à certains esprits qui vivent d'illusions et d'idées préconçues. Nos clichés, sans aucun trucage, reflètent la vérité nue. Il faut remarquer, par ailleurs, que les enfants reçoivent certaines images mieux que leurs parents souvent influencés par une éducation romantique et anthropomorphique.

Ces propos me reviennent pendant que la Land Rover roule sur la piste du Parc d'Akagera en direction d'une certaine prairie herbeuse, immense, dans laquelle il sera facile de voir beaucoup de lions. Au fond, pensé-je, que veulent dire les Vienne par cette assertion ? Que nous nous faisons une idée « humaine » des animaux selon laquelle le lion est noble, le renard rusé, l'ours débonnaire, le serpent trompeur, la hyène lâche, le chien fidèle, l'agneau gentil et ainsi de suite. Alors qu'en réalité les animaux sont des animaux, proposition tautologique dont l'évidence cache une vérité que seule l'observation scientifique peut préciser.

Mais est-ce que c'est si vrai que ça ? Nous voulons dire, est-ce qu'il est vrai que les animaux sont « différents » de l'homme ? En réalité, ce qui frappe surtout quand on compare l'homme aux animaux, ce ne sont pas les différences, mais les ressemblances. À ceci près, cependant, que l'animal ressemble à l'homme d'une façon étrangement caricaturale, c'est-à-dire avec l'exagération d'un caractère humain aux dépens de tous les autres. Par exemple, pour nous en tenir au Parc d'Akagera, le lion est surtout féroce ; les autres traits, comme la force, la noblesse du port, la paresse, l'indifférence, etc., sont subsidiaires et inclus dans le trait principal. Or c'est justement cette exagération obsessionnelle de la férocité, cette concentration existentielle dans ce seul caractère qui, paradoxalement, rendent le lion semblable à l'homme. En effet, la férocité totale et excessive en fait un animal symbolique d'un des innombrables caractères de l'homme, en le rendant plus visible, comme grossi à travers une loupe.

Mais nous voici arrivés. La piste tourne, monte un peu et nous découvrons alors une immense plaine herbeuse entourée de modestes hauteurs verdoyantes (les vertes collines d'Afrique d'Hemingway), presque privées d'arbres et séparées par des vallées profondes, regorgeant d'une végétation luxuriante. Au bord de la plaine, surgissent çà et là de poétiques bosquets d'acacias ; là-bas, sur la droite, l'anse d'un des innombrables lacs de la région resplendit, solitaire. C'est un paysage idyllique, rêveur, plongé dans une paix intemporelle ; un paysage noble et magique qui remet en mémoire, par un jeu mystérieux de correspondances, la musique de Mozart, la peinture du Lorrain. En réalité, ce paysage si méditatif et serein sert de décor à une tragédie qui se répète toutes les nuits, celle de la chasse que les lions livrent à leurs proies, chasse qui, immanquablement, se déchaîne dès que le soleil est couché.

Les animaux sont sociaux, de façon hypertrophiée ; les lions chassent en groupes et cela peut encore être explicable car dans le groupe, pendant la chasse, chaque individu a son rôle : le mâle rugit de manière à épouvanter sa proie, les femelles tuent, les petits battent les hautes herbes près de leurs parents. Mais moins explicable est le fait que les proies, c'est-à-dire les impalas, les zèbres, les gnous, les antilopes, les gazelles, etc., affluent en nombre dans la plaine herbeuse et découverte où elles seront chassées et tuées par les lions. Oui, car cette vaste prairie maintenant si vide et si déserte, la nuit, se remplit de milliers d'animaux.

Dans le noir, ce n'est qu'un scintillement d'yeux lumineux, un ondoiement d'ombres circonspectes et, ensuite, quand la chasse, après de longs aguets, se déchaîne enfin, une fuite désespérée et folle dans les ténèbres, en tous sens. Or ce rapport entre lions et herbivores est-il seulement animal ? Ne dessine-t-il pas plutôt, avec son excès symbolique, une situation typiquement humaine qui trouve un écho dans le lieu commun : « La vie est une jungle » ?

Nous restons longtemps immobiles, dans une contemplation muette, un peu comme ça se produit devant un endroit apparemment tranquille où l'on sait qu'un crime a été commis ; ensuite nous reprenons notre route à travers la brousse pour trouver une brèche à travers laquelle pénétrer au milieu de la plaine. Tout à coup, le chauffeur freine et s'arrête, en disant en français : « Voilà les lions. »

Je regarde dans l'épaisseur de la brousse et ne vois rien. Il y a des arbres très serrés ; il y a un espace vide dans lequel on entrevoit un coin de prairie ; il y a un gros tronc au premier plan qui forme un « y » ; mais de lions, point. Puis, comme mon regard suit la ligne serpentine des deux branches en lesquelles le tronc se divise, tout à coup j'aperçois les lions. Ce sont deux énormes mâles, de la race masaï, à crinière noire ; ils veillent de tout leur long, un par branche, dans un équilibre qui semble précaire, étant donné leur taille, avec les pattes avant croisées, leur longue queue qui se termine par un gros pompon pendant dans le vide.

Que font-ils ainsi juchés sur l'arbre ? Évidemment ils se reposent de l'énorme dépense d'énergie brûlée pendant la nuit dans les rites brefs et furieux de la chasse. Cette torpeur si justifiée me ramène à nouveau à l'idée que l'animal n'est pas anthropomorphique par ressemblance, mais par exagération, presque à la limite de la caricature. Un lion pèse trois fois plus qu'un homme de taille moyenne, c'est-à-dire environ deux cents kilos. Mais un homme ne peut avaler plus d'un kilo de viande par jour ; le lion, lui, en dévore, dans son unique repas nocturne, trente kilos. Voici donc le caractère humain de la férocité vu à travers la loupe bestiale de l'excès.

Nous continuons, nous parcourons deux kilomètres, soudain la Land Rover s'arrête à nouveau et le chauffeur, sans parler, m'indique quelque chose, là, devant le coffre. Ce sont encore des lions qui traversent la piste dans l'ordre et le calme avec lesquels un troupeau de vaches suisses traverse un sentier alpin. En premier, passe une lionne, le museau tendu en avant, les muscles visibles dans leurs mouvements, sous le poil court et lustré ; puis viennent deux petits, maladroits et sautillants ; puis deux autres lionnes et quatre autres petits : neuf en tout.

Ils ne circulent ni vite ni lentement ; juste avec le flegme inquiétant de l'attitude naturelle. Une fois qu'ils sont passés, nous décidons de les suivre ; il doit y avoir une brèche vers la plaine, leur passage à travers la piste l'indique.

C'est en effet le cas. Entre les branches qui giflent les vitres, nous dévalons une clairière de brousse jusqu'au bord de la prairie que nous traversons avec détermination, roulant sans piste ni sentier sur le terrain herbeux et moelleux. Nous piquons tout droit vers l'hypothétique centre de l'immense plaine et, à mesure que nous avançons, il me semble que, pareils aux ronds produits par une pierre lancée dans l'eau d'un lac, la solitude, le vide, le silence s'approfondissent de plus en plus autour de nous. Le lieu privilégié des assassins semble vraiment entièrement désert.

Mais en Afrique, quand il s'agit d'animaux, il faut avoir la patience de regarder à de nombreuses reprises : non pas tant parce que les animaux se camouflent que parce que, à moins qu'on ne soit photographe ou chasseur professionnel, l'animal se cache à nos yeux grâce à des habitudes et à des occupations imprévisibles. Tout à l'heure, je n'ai pas vu les lions sur l'arbre parce que je n'avais pas prévu qu'ils se reposeraient de cette manière ; maintenant, je ne vois pas un groupe de lions qui est à quelques pas de la Land Rover, parce que je n'ai pas prévu qu'ils pourraient se regrouper dans la prairie, dans un but, disons, pédagogique.

Je m'explique. Pendant que je promène mon regard sur l'immense prairie, je remarque, tout à coup, un petit relief ou un monticule, c'est peut-être une termitière, sur laquelle se tient tout droit, dans une position étrange d'attention concentrée, un impala, espèce de gazelle aux grandes oreilles et aux yeux sombres et brillants, très commun dans le Parc d'Akagera. L'impala, droit sur ses pattes jointes sur l'étroit sommet de ce monticule, regarde fixement dans la direction opposée à celle du troupeau qu'en effet j'aperçois là-bas, au loin, en train de paître tranquillement au bord de la plaine. L'impala, lui, regarde vers un endroit de la prairie qui est très proche du lieu où nous nous trouvons. En suivant le regard de l'impala, voilà, je vois enfin les lions.

Peut-être est-ce le même groupe qui, tout à

l'heure, a traversé la piste. D'abord, je vois trois lionnes, dont les nuques fauves se profilent dans les hautes tiges d'herbe ; ensuite je vois les lionceaux, au moins cinq. Que font-ils là, au milieu de la prairie ? On dirait que les lionnes veillent immobiles, protégeant leur progéniture qui va et vient autour de quelque chose de sombre qu'on entrevoit par terre, dans l'herbe.

Puis, en regardant mieux et surtout en suivant les allées et venues des petits, je comprends : par terre, dans la position plate et inanimée propre aux cadavres, gît un zèbre mort, selon toute probabilité tué la nuit dernière ; les lionceaux le dévorent ou plutôt tentent de le dévorer, comme on peut l'induire de leurs museaux barbouillés de sang et des lacérations gauches et violentes qu'ils impriment au cadavre ; quant aux lionnes, elles ne mangent pas, ce sont de vraies maîtresses d'école et de vie : elles veillent à ce que les petits apprennent bien leur leçon de meurtre.

Oui, car c'est vraiment d'une leçon qu'il s'agit ; et le fait que la matière enseignée soit de tuer et de dévorer est encore un de ces traits cruels et paradoxaux qui reflètent, agrandis et poussés jusqu'à la démesure, un caractère humain. Est-ce que nous ne nous nourrissons pas, nous aussi, des cadavres de ce qu'on appelle des animaux domestiques ? Est-ce que nos parents et nos gouvernantes ne nous apprennent pas à manger ces morceaux de cadavre qu'ils mettent dans notre assiette ?

Mais que fait l'impala sur son monticule ? Il s'y tient comme une sentinelle dans sa guérite, le regard fixé sur la tranchée ennemie. Sa fonction est de surveiller les lions et, au premier mouvement du groupe des assassins vers le troupeau, de donner l'alerte. En un instant, tout le troupeau qui à présent paît si paisiblement prendrait la fuite en masse, disparaîtrait.

Nous restons encore un peu au milieu de la prairie pendant que la leçon se poursuit. Pendant ce temps, je me pose des questions plutôt absurdes. Pourquoi le lion n'est-il que violence et férocité ? Pourquoi l'impala n'est-il que douceur et timidité ? N'y a-t-il pas entre le lion et l'impala le rapport secret et morbide qui unit, chez les humains, le bourreau et sa victime ?

Les Vienne, à ce propos, font une remarque qui glace le lecteur : « Une gazelle a des chances d'échapper à son destin si elle est en pleine possession de ses facultés nerveuses. Mais l'animal, comme l'homme, est soumis au stress. Comme une batterie, il a besoin de se recharger. Une gazelle ou même un animal plus gros peut se laisser dévorer simplement parce qu'il n'a plus envie de vivre. Nous avons photographié beaucoup d'animaux qui, pris à la gorge par le lion, laissent leur tête pendante, les yeux révulsés, avec tous les signes de la mort. » Certes « exagérée », on croit voir esquissée ici, une fois encore, une condition humaine fréquente à notre époque de persécutions politiques et sociales, de bourreaux et de victimes, de stress et de refus de vivre.

Enfin, nous laissons l'école des lions, nous retraversons la prairie et reprenons la piste. Le soleil est déjà en train de se coucher, l'anse du lac, là-bas, dans le coin de la prairie, est déjà devenue rouge et fumeuse. Pendant que nous roulons sur la piste en direction du lodge, je réfléchis à l'anthropomorphisme, dans une certaine mesure inévitable quand on en vient à l'observation des animaux ; et je me dis que l'anthropomorphisme devrait probablement être renversé, changé en son contraire, à savoir que ce n'est pas l'animal qui présente des caractères humains, mais l'homme qui présente des caractères animaliers. Ainsi, par exemple, le lion n'est-il pas humainement noble comme le veut la symbolique héraldique et religieuse, mais c'est l'homme qui est impitoyablement féroce et vorace, comme le lion.

VIII

L'ÉLÉPHANT SORTI DU SAFARI DE HEMINGWAY

Camp de la Rwindi. Après une matinée passée à quadriller la plaine de Virunga en quête d'animaux cachés dans les hautes herbes et les plissements du terrain, je me repose dans la chambre du « campement » en lisant un vieux livre sur l'Afrique : *Les Vertes Collines d'Afrique* d'Ernest Hemingway. Je le lis depuis plusieurs jours, j'en suis au dernier chapitre intitulé « Chasse et bonheur » et je me dis soudain que, au moins une fois, je voudrais dans ces notes donner à la manière de Hemingway l'impression du bonheur physique après un repas à base de quartiers d'antilopes rôtis sur les braises et de bouteilles de bière allemande. Hélas, nos repas sont habituellement constitués de conserves et de pain rassis et, du reste, même si j'avais de l'antilope et de la bière, je n'arriverais pas à imiter Hemingway parce que les repas des *Vertes Collines d'Afrique* sont au fond purement littéraires, c'est-à-dire déduits, comme par polémique contre les intellectuels cérébraux new-yorkais, d'un modèle manifestement homérique ; tandis que moi, je n'ai aucune envie de me lancer dans cette polémique.

Et même, à propos de ce livre si sincère – et peut-être à cause de sa sincérité – fort maltraité, en son temps, par la critique (Edmund Wilson déclara que, du point de vue de la prose, Hemingway avait écrit les plus mauvaises pages de sa vie), je formule quelques réflexions qui ne sont peut-être pas dénuées d'intérêt (pour moi). La première, c'est qu'il faut distinguer dans le livre la partie esthétisante de littérature relevant du domaine décadent, exaltant l'action, la violence et la mort, de la partie de représentation simple et directe.

Cette première distinction amène, selon moi, à diviser le personnage de Hemingway en trois modalités de rapport avec le réel : le rapport avec la nature, le rapport avec les animaux, le rapport avec les hommes. Le premier n'est pas esthétisant, les deux autres si, quoique de façon différente.

Commençons par le premier. Quel peintre incomparable, extraordinaire de la nature africaine que Hemingway ! Grâce à la chasse, il n'a pas tant vu et contemplé qu'il n'a exploré et découvert dans le moindre détail cette nature, dans sa variété, anonyme, imprévisible d'aspects, dans son mystère ambigu et fortuit, dans son indifférence majestueuse et insondable. S'il est vrai, comme je le crois, que l'esthétisme est aussi une forme de consommation, Hemingway ne « consomme » pas la nature africaine. Quand il dit qu'un arbre est beau, il ne réfère pas sa beauté à lui-même, il se contente d'en constater la présence. De là vient que dans *Les Vertes Collines d'Afrique* il n'y ait pas de « morceaux de bravoure » sur la nature, mais une infinité de notations particulières qui, à la fin, reconstituent pour nous toute l'Afrique.

Tout autre est le rapport avec les animaux déterminé comme il l'est par l'esthétisme de la violence, du sang et de la mort. Il ne fait pas de doute que Hemingway avait la passion de la chasse et que c'était un chasseur expert, mais la façon obsessionnelle avec laquelle il tend à élever son goût personnel au niveau d'une espèce de vision du monde est littéraire, de la littérature la plus décadente. Textuellement, Hemingway, dans *Les Vertes Collines d'Afrique*, ne peut plus apercevoir le plus modeste phacochère, le plus ordinaire des pharaons sans avoir le réflexe conditionné du meurtre.

Et quelle complaisance littéraire à décrire les cibles atteintes, quand la balle blindée du fusil Springfield fait éclater la vertèbre cervicale d'une antilope ! Et quelle rage, en authentique chasseur qu'il est, quand le coup rate ou que le concurrent a tiré un meilleur coup que lui ! Hemingway, dans son rapport avec les animaux, n'est pas tant un sportif qu'un esthète de l'extermination, assoiffé de sang et de mort. Curieusement, je voudrais noter ici que la médiation entre la réalité de la chasse et l'esthétisme du chasseur, c'est la vantardise qui l'assure. Comme dans la correspondance récemment publiée, où il affirme avoir tué à la guerre vingt-deux Allemands, Hemingway, quand il parle des animaux de son safari, agrémente les événements d'une excessive fanfaronnade, comme, dirait-on, pour compenser le remords du meurtre.

Enfin son rapport avec les hommes qui, dans *Les Vertes Collines d'Afrique*, sont les guides africains et ses compagnons européens, révèle lui aussi la présence de la littérature au sens où Hemingway ne se connaît pas ou, ce qui revient au même, feint de ne pas se connaître, et il trace un portrait de lui-même pour le moins gênant, mais qui évidemment lui plaît, tant il est vrai qu'il l'a plus ou moins répété dans chacun de ses livres.

Naturellement, dans leur intimité, les Africains ne sont pas des esclaves et les Européens ne sont pas des flagorneurs, mais ils le sont parce que Hemingway, du moins dans les pages de son livre, les veut tels. Paternaliste et capricieux, sentimental et agressif, Hemingway, dans son rapport aux hommes, a besoin d'un troisième élément qui tienne la même fonction que la vantardise dans son rapport aux animaux, et c'est l'alcool. Grâce à la bouteille de bière ou de whisky, Hemingway peut articuler jusqu'au bout son habituel dialogue syncopé avec les guides africains et ses compagnons européens, se tenant toujours en équilibre entre l'exigence arrogante et la familiarité carrément agressive du tyran domestique. Personnage étrange et malcommode que Hemingway ! On voudra savoir maintenant la raison de cette longue tirade sur Hemingway. La raison me vient de la réalité même qui parfois se charge de produire avec une fortuité apparente des rapprochements significatifs. Comme je l'ai dit, je lis et je pense ces choses dans la chambre du « campement » de Virunga. La chambre a une fenêtre au rez-de-chaussée qui donne sur la piscine et cette fenêtre est ouverte. Tout à coup, j'entends monter de la piscine un remue-ménage et un bruit de voix. Je me lève alors et je vais regarder.

Ce que je vois est si inhabituel que je sors aussitôt de la chambre et me précipite dans le hall et de là vers le terre-plein devant la piscine. M'apparaissent alors regroupés devant la porte quelques touristes et, juste en face de moi, en train de passer sous le porche qui conduit au terre-plein, un énorme éléphant. Comme je le regarde de profil et qu'il a la tête plus haute que le corps, il me semble très grand et très étroit.

Pendant un moment, étant donné la lenteur avec laquelle il chemine, je pense à un éléphant domestique. Il y en a bien en Inde, pourquoi pas en Afrique ? Mais le barman me fait signe de rester en arrière, murmurant en même temps que c'est un éléphant tout à fait sauvage. Je lui chuchote à mon tour que pour un éléphant sauvage, il me semble bien doux. Il m'explique, toujours dans un murmure, que ce n'est pas le cas : ce même éléphant, il y a quelques mois, a piétiné mortellement une photographe anglaise qui s'était trop approchée de lui.

En attendant, l'éléphant avance à tout petits pas, en s'arrêtant chaque fois, comme pour réfléchir au pas suivant. Quand je suis arrivé, il avait la tête sous le porche ; maintenant, au bout de dix minutes, c'est sa croupe. Où veut-il aller ? Vers le groupe de personnes qui le regardent du seuil du bar ou vers la piscine dont l'ovale bleu apparaît, entouré de fauteuils et de tables métalliques vernies de blanc ? À ce qu'il semble, nous ne l'intéressons pas : il est venu avec une certaine idée en tête et voilà qu'il la met en application ; il s'approche de la piscine, allonge sa trompe d'une manière hésitante, comme s'il n'y voyait pas et qu'il procédait, c'est le cas de le dire, à vue de nez, enfin il la plonge dans l'eau, l'y maintient un long moment, la relève, se la met dans la bouche. Bref, en un mot : il boit.

Il doit avoir soif, grand soif, pour être venu, qui sait d'où, jusqu'à cette piscine, mais il satisfait son besoin avec une lenteur qui, d'après une vision anthropomorphique, pourrait aussi être définie comme une bonne éducation. Il boit donc, puis il réfléchit un long moment, ensuite il reboit. L'opération est répétée en plusieurs étapes et chaque phase réclame le temps qu'il faut.

Combien de fois plonge-t-il sa trompe dans l'eau ? Je ne les compte pas, mais je regarde ma montre de temps en temps. Près d'une demi-heure passe ainsi. Finalement l'éléphant s'est désaltéré et je m'attends à son départ. Rien de tel : il reste immobile, on dirait qu'il tente de se rappeler quelque chose d'autre qu'il avait l'intention de faire ce matin quand il a décidé de se servir de la piscine du « campement » comme d'un étang privé. Tout à coup, de toute évidence, il se rappelle. Il allonge à nouveau sa trompe, il pompe l'eau et s'en arrose les pattes. Rien de tout cela n'est nouveau pour moi ; j'ai déjà vu beaucoup d'éléphants s'asperger d'eau dans des marais. Mais cette même opération répétée ici, dans la piscine, prend tout de suite un caractère presque surréaliste à cause de l'usage impropre que l'éléphant fait de quelque chose qui ne lui est pas destiné et ne le concerne pas.

Le lavage des pattes est répété toujours avec la même lenteur pendant une vingtaine de minutes. Ensuite nous avons le moment le plus émouvant de tout le spectacle : à tout petits pas, l'éléphant se met à marcher autour de la piscine. Il marche sur le rebord de pierre, il évite un premier groupe de fauteuils, il tourne autour d'un deuxième, au troisième il saisit avec sa trompe une table, la soulève et la place plus loin. Pourquoi fait-il le tour de la piscine ? Il est le seul à le savoir. Voici maintenant qu'il s'arrête et, l'une après l'autre, avec beaucoup de flegme, il dévore toutes les roses d'un massif grimpant qui étend ses branches sur le mur du « campement ». Enfin, pas à pas, il revient à son point de départ et s'immobilise, une jambe légèrement pliée et la trompe posée sur une défense.

J'ai décrit un peu longuement le comportement de l'éléphant, parce que le hasard a voulu que peu de temps auparavant j'aie lu les pages consacrées par Hemingway au comportement des animaux un instant avant que la balle de son fusil ne les ait terrassés, le cou brisé. L'éléphant ne m'est pas particulièrement sympathique, je sais avant tout qu'il a piétiné l'imprudente photographe anglaise ; mais cela n'a pas provoqué en moi ni parmi les touristes qui ont assisté à ses singulières exhibitions le réflexe conditionné du meurtre, que les innombrables impalas, kudus, lions et rhinocéros guettés par Hemingway au cours de son safari lui inspiraient presque automatiquement. Au fond, les touristes et moi nous nous sommes contentés de contempler l'éléphant ; et l'on sait que toute contemplation implique le respect de l'objet contemplé. Il est vrai que le moment contemplatif existe également chez Hemingway ; cependant pas durant la vie, mais après la mort de l'animal. Face au cadavre immobile, Hemingway s'extasie devant la grandeur des cornes, l'élégance du museau, la majesté du corps. C'est une contemplation significative au moment où elle intervient, due en partie à la vanité du chasseur et en partie à une complaisance infantile et destructrice.

Certains objecteront ici : peu importent l'occasion et les circonstances, du moment qu'Hemingway finit pas nous montrer les animaux, ne serait-ce que déjà morts et peu avant d'être embaumés et réduits à des trophées. Oui, c'est vrai, mais la différence entre l'animal vivant et l'animal mort demeure et elle est significative. Les artistes anonymes de la préhistoire qui ont dessiné les merveilleuses figures d'animaux dans les grottes d'Altamira et dans les grottes africaines étaient aussi des chasseurs, mais leurs animaux sont vivants, très vivants, comme le voulait, du reste, la fonction magique de ces représentations où, contrairement à Hemingway, la vie avant la chasse prévalait sur la mort après la chasse.

IX

LE ZAÏRE PARMI LES GRATTE-CIEL D'AFRIQUE

Kinshasa. C'est le jour de notre départ pour l'Italie. À six heures du matin, la piscine de l'hôtel de Kinshasa, comme dans le poème de Rimbaud, est un « point d'ennui », avec son eau bleue et immobile encore imprégnée de la trompeuse fraîcheur de la nuit tropicale. Les arbres se fondent encore dans une masse noire, déchiquetée et mélancolique comme hier soir, au crépuscule. Mais déjà brille entre deux arbres la lueur assassine du soleil qui, bientôt, effacera fraîcheur, mélancolie et tout le reste dans sa touffeur impitoyable. Il n'y a personne ; les hôtes peu touristiques de l'hôtel – trafiquants, hommes d'affaires, dirigeants de multinationales – dorment encore à poings fermés : à Kinshasa les rendez-vous ne sont jamais urgents ; il sera toujours temps d'arranger quelque chose de compliqué et de lucratif. Je me suis levé tôt, par habitude depuis mon voyage en Land Rover ; maintenant, en attendant l'ouverture du bar, je lis un livre célèbre de René Dumont : *L'Afrique noire est mal partie.*

C'est un livre sévèrement, scientifiquement écologique ; mais le titre semble avoir un sens plus large, qui s'adapte parfaitement aux si nombreuses nouvelles nations africaines après l'indépendance et, particulièrement, à ce merveilleux monstre géographique, ethnique, économique, social qu'est le Zaïre. Pourquoi est-ce que je dis cela ? Parce que le titre du livre de Dumont contient à la fois l'énergie du continent noir et la fatalité qui souvent a sapé cette énergie. Oui, l'Afrique est « mal partie » ; mais il ne fait aucun doute qu'elle est « partie ». Et cela pour une quantité de ces raisons polyvalentes et obscures qui d'habitude sont qualifiées d'historiques.

Je réfléchis. Si le roi des Belges n'était pas parvenu à s'approprier un morceau de l'Afrique quatre-vingts fois plus grand que la prétendue mère patrie ; si les Belges n'avaient pas mis en œuvre le pire colonialisme possible, fondé sur l'exclusion rigoureuse et systématique des Africains de la direction du pays ; si l'indépendance n'avait pas été obtenue au prix d'une atroce guerre civile ; si la raison de cette guerre n'avait pas été la dispute des richesses minières du Katanga ; si... Mais ce n'est pas avec des « si » qu'on refait le monde. Contentons-nous de dire qu'aujourd'hui le Zaïre est sans aucun doute un des pays d'Afrique les plus originaux et les plus problématiques, et qu'il nous aide à comprendre la question du « mauvais départ » auquel se réfère Dumont dans le titre de son livre.

Dumont, à un certain moment, parle de « sud américanisation » de l'Afrique. C'est bien le cas : Rio de Janeiro et Buenos Aires renvoient à Lagos, Abidjan, Kinshasa. Comme en Amérique latine, les pays africains sont souvent des villes vitrines derrière lesquelles le magasin est vide, autrement dit la brousse infinie s'étend avec son inséparable compagne, l'économie de subsistance du village. Mais ces villes vitrines sont aussi des villes vampires qui sucent le sang des hommes et des matières premières du pays et envoient les premiers dans des bidonvilles et les secondes à l'étranger.

Kinshasa, énorme ville jardin ou plutôt ville brousse, avec une étendue de vingt mille hectares et une population de six millions d'habitants, est une typique mégalopole sud américanisée tournée, par son commerce, plutôt vers les États-Unis et l'Europe que vers le Zaïre, exactement le contraire de ce que devrait être une capitale.

Mais les multinationales qui font de Kinshasa le tremplin de leurs activités dans le pays ne suffisent pas à expliquer le phénomène d'une urbanisation aussi massive que désastreuse et économiquement injustifiée. Disons toutefois que la raison économique peut être déterminante en profondeur ; mais en surface elle se transforme en un modèle de vie qui crée l'illusion de la liberté de choix à l'émigrant qui arrive de la forêt.

Bref, paradoxalement, le gouffre qui sépare le mode de vie de la capitale de celui du village est à l'origine du peuplement des prétendus quartiers « auto construits », c'est-à-dire des bidonvilles de Kinshasa où cependant l'émigré finit par vivre bien plus mal que dans son village. Et cela parce que le modèle de vie qui lui est proposé est, à son tour, très éloigné de ses possibilités économiques. Nous avons donc, comme le dit Dumont, le phénomène de la ville riche et de la campagne pauvre. Ajoutons que dans la ville riche seuls les riches s'enrichissent.

Mais si Kinshasa avec son surdéveloppement démographique nous aide à comprendre pourquoi « l'Afrique noire est mal partie », le Zaïre, de son côté, nous fait comprendre, avec son sous-développement économique, comment demain l'Afrique, et surtout ce pays lui-même, pourraient finir par relativement bien partir. Il est difficile de traduire avec des mots le sentiment qu'exprime le Zaïre, alors qu'on quitte les gratte-ciel moyens du centre commercial et qu'on pénètre dans le pays sauvage et impraticable, comme je l'ai fait à deux reprises ces deux dernières années.

Ici, les chiffres ne suffisent pas, ni les statistiques, ni les études écologiques, fussent-elles de la valeur de celles de Dumont, mais il est peut-être plus utile d'accomplir un saut qualitatif qu'une prévision qui partirait de la sensibilité et de l'imagination. Ce pays énorme, avec le deuxième fleuve de la Terre par son débit et quatre-vingts pour cent du territoire recouvert de forêts, et avec une nature qui n'est pas la forêt domestiquée et bien peignée d'Europe, mais est et sera encore, pour Dieu sait combien de temps, la nature redoutable et marâtre de Lucrèce et de Leopardi ; ce monstre géographique, au sens positif de quelque chose qui échappe à toute règle, donne l'impression d'avoir été jusqu'ici à peine égratigné par la civilisation industrielle ; et on en vient ainsi à penser que c'est (ne craignons pas un lieu commun qui cependant, en l'occurrence, n'est pas un lieu commun) un pays d'avenir.

Qu'est-ce que j'entends par là ? Je veux dire que le Zaïre appartient pour son bonheur à un avenir dans lequel le sommet de sophistication technologique de la révolution électronique s'accompagnera inévitablement du sommet de conscience écologique. Les pays sous-développés du tiers-monde ne seront plus considérés comme des entrepôts de matières premières pour les industries des sociétés d'abondance, mais comme des parties indispensables et intégrées d'un système global. Cela, naturellement, si une guerre nucléaire ne s'interpose pas entre la révolution paléo industrielle et la révolution électronique. L'avenir des pays sous-développés dépend en tout cas plutôt du progrès technologique que de l'adaptation au mode de vie occidental.

Ce matin même, à bord d'un petit avion de tourisme, je survole la digue d'Inga, et je peux alors constater que le sous-développement a ses anomalies qui sont, en toute logique, celles du surdéveloppement. Il n'existe pas de route qui, à travers trois mille kilomètres de forêt pluviale, relie la côte atlantique à la région des grands lacs. Pour arriver au lac Tanganyika, il faut remonter pendant huit jours le fleuve Zaïre et pendant dix autres jours parcourir à la vitesse de vingt kilomètres à l'heure une des pires pistes d'Afrique. Naturellement cette route a été projetée ; mais en Afrique les projets ne sont souvent rien d'autre que des objets d'imagination programmés.

En compensation, le Zaïre dispose de la digue d'Inga, un des complexes hydroélectriques les plus puissants au monde, ainsi que d'une ligne très sophistiquée de courant continu, telle que même les États-Unis n'en possèdent pas, et qui convoie, directement de Kinshasa à la lointaine région du Shaba, un énorme flux d'énergie suffisant pour tout le continent africain. Il est évident qu'il y a une raison à cette préférence accordée à l'énergie électrique plutôt qu'au réseau d'autoroutes, il y en a même deux. La première, la plus manifeste, c'est que c'est du Shaba que proviennent toutes les richesses minérales du pays, avant tout le cuivre, quatre-vingts pour cent de la production mondiale, puis le cobalt, les diamants industriels, l'uranium (la bombe de Hiroshima a été faite avec l'uranium du Shaba). La deuxième raison serait, elle, politique : quiconque contrôle la ligne de courant continu du Shaba contrôle le Shaba et quiconque contrôle le Shaba contrôle le Zaïre.

À propos de la ligne de courant continu du Shaba, l'ingénieur Antonio Fiorini, qui dirige l'entreprise italienne qui l'a construite, m'a fourni les renseignements suivants. Longueur : deux mille six cents kilomètres. Coût : un milliard et demi de dollars. Employés à l'entretien : seulement seize, tous italiens. Ce qui est vraiment un trait de haute sophistication dans un pays qui, dans ses forêts, compte encore des tribus de Pygmées liés à l'archaïque économie de chasse et de cueillette.

Pendant ce temps, l'avion se dirige vers la digue

d'Inga. Nous volons en direction de l'océan ; au-dessous de nous, par bandes, comme des bêtes effrayées, les collines fuient vers l'arrière ; et puis, voilà, nous apercevons le gros serpent marron du grand fleuve qui sinue entre les collines, l'air paresseux et rétif de couler jusqu'à son embouchure. Mais, tout à coup, pareil à un bracelet sur un bras musclé, nous découvrons la bande jaune du barrage de la digue : le fleuve paraît s'arrêter, tarder. Vue de l'avion, la digue ressemble à ce jeu d'enfants lorsqu'ils jouent à la plage, avec un seau et une pelle ; mais c'est l'effet que produisent de haut toutes les œuvres humaines agrippées au corps puissant de la nature.

Maintenant, l'avion dépasse les méandres du fleuve, survole l'embouchure où le gros serpent boueux se divise en d'innombrables serpentins, se met à dominer l'océan à moins de cinq mètres du ras de l'eau. La mer est tout entière froncée de minuscules vagues ; nous avons presque l'impression qu'elles sont suscitées par notre passage. Ensuite l'avion vire, remonte, pique sur Kinshasa.

Dans l'après-midi, nous allons saluer Kinshasa et le Zaïre du haut de la colline sur les pentes de laquelle se trouve la résidence privée du président Mobutu. La voiture monte en contournant un immense parc entouré d'une grille très élaborée. Derrière les barreaux, on entrevoit de temps à autre la silhouette élégante du mythique okapi. Voici le sommet de la colline ; voici le belvédère avec la statue colossale du soldat zaïrois armé d'une lance et d'un bouclier ; voici le ciel africain avec les nuées incendiées par le crépuscule.

De là-haut, on a une vue sur le fleuve très large et plat, presque un lac ; l'horizon est marqué par l'émiettement sombre de la ville étendue sur le rivage. Le soleil s'en est déjà allé ; quelques lumières violentes lacèrent le profil fumeux de la métropole. Nous nous attardons sur le belvédère, presque avec le désir que la nuit abolisse pour nous la vue de la ville et nous en facilite le départ.

Lequel se produit quelques heures plus tard, par une chaleur suffocante. Le dernier souvenir que je conserve de l'Afrique est, dans une certaine mesure, maternel, comme il convient à un continent qui souvent est appelé mère. Je me trouve à l'aéroport et je souffre de la chaleur, assis sur le sofa de velours de la salle d'attente. Tout à coup, une bonne femme opulente, très grande, avec une casquette d'employée de l'aéroport, se présente, aperçoit la canne qu'un récent accident de voiture me contraint à utiliser et s'écrie, indignée : « Un invalide ! Les invalides n'attendent pas, ils montent immédiatement à bord. Oui, à bord, à bord ! » Me voici donc obligé de me lever et de me précipiter à ses côtés à travers l'aéroport plongé dans le noir, jusqu'à la grande ombre noire de l'avion qui scintille dans les ténèbres avec ses deux rangées jaunes de hublots éclairés. La grosse bonne femme m'aide à monter, elle me conduit jusqu'à ma place, dans la délicieuse fraîcheur de l'air conditionné. Encore plus d'une heure avant le départ. J'abats la tablette, je prends une feuille de papier et commence à rédiger cet article même : « C'est le jour de notre départ pour l'Italie. À six heures du matin, la piscine de l'hôtel de Kinshasa, comme dans le poème de Rimbaud, est un "point d'ennui"... »

X

J'AI COMMENCÉ L'ANNÉE DANS UN SUPERMARCHÉ DE L'ÉQUATEUR

Libreville. Douze heures. C'est le jour de l'an 1984 ! Date qui sert de titre au roman d'Orwell, ce prophète de l'utopie à l'envers. Ici, au Gabon, à Libreville, le jour de l'an est en fait celui de l'utopie néo-colonialiste, néo-capitaliste, bientôt électronique, en tout cas multinationale.

Le jour de l'an du pétrole ! Du manganèse ! De l'uranium ! Du cuivre ! Du fer ! De l'or ! Des bois précieux, okoumé et ozigo ! Du tourisme de luxe, dans les hôtels genre Côte d'Azur, soixante mille francs gabonais par jour (mille deux cents francs français), pension complète, avec véranda sur la plage, palmiers, piscine, ski nautique, aubes, canicule, crépuscules ! Le jour de l'an bien sûr le plus européen de toute l'Afrique, le plus parisien même, côté rive droite, cependant sans concessions à la démocratie fêtarde genre club Méditerranée. Bien entendu, tout cela se limitant au littoral, du cap Esterias jusqu'à Owendo. Quant au jour de l'an à l'intérieur du Gabon, qui sait ce qui s'y passe ? Dans la forêt primaire, pluviale, équatoriale, ce ne sont pas les ans qui passent, mais les siècles, les ères, les époques ! On est loin du jour de l'an ! À ce que nous en savons, dans ces fouillis végétaux, nous en sommes encore à la préhistoire, peu après les dinosaures, peu avant l'*homo habilis*.

Quoi qu'il en soit, à Libreville, le jour de l'an est fêté sincèrement, notamment parce que 1983, grâce aux richesses minières, est loin de mal se terminer pour le Gabon, pays pilote de l'Afrique, avec le plus haut revenu par habitant de tout le continent. Il est vrai qu'il fait 35° à l'ombre et que le taux d'humidité est de quatre-vingt-quinze pour cent ; mais, à l'entrée de l'hôtel, l'arbre de Noël donne l'illusion de la fête de fin d'année, allumant et éteignant alternativement ses petites bougies multicolores, dans le scintillement des globes iridescents et des guirlandes argentées qui simulent la neige. Les clients, les hommes en short et en tricot sans manches, les femmes en tunique, passent devant l'arbre de Noël sans lui accorder le moindre regard, vont directement sur la véranda qui donne sur la mer. Là, le barbecue fume déjà, rouge, noir et odorant, entretenu par trois cuisiniers à toque blanche. C'est déjà l'heure du déjeuner. Mais, avant de se mettre à table, il conviendra de faire un plongeon dans l'océan, de s'exposer pendant une demi-heure au soleil roboratif de l'équateur, sur la plage.

La plage est là, au pied de la véranda ; on descend une marche et on s'enfonce aussitôt dans le sable blanc, fin et moelleux comme de la poudre de maquillage.

Je contemple la plage. Çà et là, tels qu'ils sont restés après avoir été rejetés sur la rive par une tempête, d'énormes troncs d'arbres de la forêt équatoriale, sciés en leur temps Dieu sait où et ensuite attachés en trains d'arbres et confiés aux courants des fleuves, gisent ensablés. Les liens qui les retenaient ensemble se sont défaits pendant la descente des fleuves, chaque tronc est parti de son côté vers l'océan et, pareil au *Bateau ivre* de Rimbaud, s'est laissé ballotter par les vagues jusqu'à s'ensabler sur cette plage, contribuant ainsi à la note exotique du jour de l'an et de tant d'autres vacances méritées.

Au-delà des troncs devenus presque argentés à force d'être recouverts de sel, l'océan est calme, gonflé d'une puissance sournoise, couleur de vin comme la mer d'Homère ; sous un ciel sombre et inégalement nuageux, qui, de temps à autre, darde un rayon de soleil fastueux pour allumer des reflets meurtriers sur l'étendue des eaux.

Je regarde la foule des vacanciers de fin d'année. Presque tout le monde est français. Les hommes, jeunes pour la plupart, ont un air à mi-chemin entre le professeur et le fonctionnaire (ils sont peut-être les deux à la fois) ; les femmes sont souvent maigres, sévères, si ça se trouve un peu virginales dans leur élégance qui n'est que rationalité et sens pratique ; les enfants sont blonds, sages, maîtres d'eux-mêmes, déjà du reste un peu « patrons ». De temps en temps quelques jeunes sportifs, dont le visage n'est nullement brutal, plutôt intellectuel ; de temps en temps quelques paras, de ceux que la France maintient au Gabon en accord avec le gouvernement : tête rasée, short minuscule, cuisses musclées et béret sur l'oreille. C'est une foule curieusement responsable et aux inflexions de voix décidées ; le français, langue habituellement empreinte de politesse sophistiquée, vibre et claque ici, en Afrique, comme le tissu d'un vieux drapeau.

Quatorze heures. Le repas marque le succès de l'organisation grâce à laquelle les clients de l'hôtel peuvent consommer des tomates du midi de la France, des endives belges, des escargots de Bourgogne, des champignons des Cévennes, des terrines du Périgord, des salades de l'Ile-de-France, des grenouilles de Touraine et d'autres primeurs et gourmandises dans un lieu qui normalement ne pourrait fournir que manioc, ignames, bananes, millet et papayes. Un seul doute surgit vers la fin du déjeuner : y aura-t-il ou non du fromage frais, de celui qui arrive tout droit de la ferme normande ? Le maître d'hôtel qui semble sorti, avec son air juvénile et gracieux, d'un livre de Cocteau nous explique que le fromage arrive ou non en fonction de la « livraison ». Et aujourd'hui ? Aujourd'hui la « livraison », c'est-à-dire l'avion de Paris, a fait défaut. Pas de fromage par conséquent.

Seize heures. Dans l'entrée il fait frais, dans l'escalier, très frais, dans le couloir on gèle. Mais dans la chambre, j'arrive à régler la « climatisation » à une température raisonnablement hivernale. Je me jette sur le lit et reprends la lecture du célèbre livre de Céline, *Voyage au bout de la nuit*, déjà entreprise durant le vol de Rome à Libreville. Céline consacre toute une partie de son roman autobiographique et je-m'en-fichiste à son séjour en Afrique. À vrai dire, Céline a vécu son expérience africaine au Cameroun, pays voisin. Mais le Gabon est encore aujourd'hui très semblable au Cameroun. À l'époque de Céline, il devait être identique. J'ouvre donc le livre et je commence à lire : « En Afrique ! que j'ai dit moi. Plus que ce sera loin, mieux ça vaudra ! » avec ce qui suit. De temps à autre, je me distrais de la rage célinienne et je regarde par la vitre vers la plage en face, déserte à cette heure. Ou plutôt non, une gamine de peut-être treize ans, en robe à carreaux bleu clair et bleu foncé, au corps élastique, grosse et rose, poursuit un petit caniche couvert de nœuds et se laisse poursuivre par lui. Oui, la plage est déserte, mais, sans aucun doute, il y a du monde sur la véranda, invisible pour moi, observant la course de la fillette et du caniche. Les gestes de la petite sont en effet ceux de quelqu'un qui se sent observé, admiré. Seule, elle prendrait le chien dans ses bras et l'emporterait. Bref, à chaque exhibition correspond une attention, et vice versa.

Dix-huit heures. Pour le jour de l'an gabonais, nous décidons, ne fût-ce que pour éviter le « réveillon » obligé, de faire un pique-nique. Ce soir, le restaurant de l'hôtel restera fermé ; nous aurons la véranda rien que pour nous, avec les palmiers, la musique des vagues en sourdine, et même, tout au loin, au fond de la nuit, la clarté sulfureuse du derrick de pétrole sous-marin.

Cependant, nous admirons le crépuscule, un spectacle quotidien, mais qui n'en est pas pour autant négligeable. Voici l'océan maintenant livide, avec des millions de bigarrures rouges, une pour chaque vague ; voici le soleil, suspendu à mi-ciel, une parfaite orange de celles que l'on appelle sanguines, c'est-à-dire d'une couleur orange pleine, mais en même temps sans lumière ; voici la tente de brume lilas et grise maintenue, dirait-on, au-dessus de l'horizon par deux poteaux plantés sur des promontoires qui ferment l'estuaire. Soudain, le soleil tombe « à pic », comme un fruit mûr précisément, derrière la tente ; tous les reflets de la mer s'éteignent ; et il fait déjà nuit. Nous laissons alors la véranda et nous allons à la voiture, hors de l'hôtel.

Dix-neuf heures. Libreville est en fête. Les innombrables banques, les bureaux des sociétés pétrolières, d'import-export, les compagnies « d'exploitation », les multinationales, les agences et succursales, etc., sont tous fermés, avec la dernière cigarette éteinte posée sur le cendrier, le dernier dossier ouvert sur le bureau, le dernier ordinateur provisoirement muet. De quoi s'agit-il enfin ? Pour les blancs et, de façon secondaire, pour les noirs liés aux blancs par le « business », la question est de se souhaiter mutuellement que le « profit » de 1984 soit meilleur que celui de 1983. Pour les noirs de l'intérieur, perdus dans la forêt ténébreuse, ce sera simplement une fête de blancs dont le sens échappe, mais dont toutefois il faut profiter, du moins pour alléger la solitude austère de la brousse, par une cuite mémorable.

Notre destination, tandis que nous roulons en voiture sur le bord de mer resplendissant d'illuminations de Noël, est le gigantesque magasin Bonjour (Mbolo en langue locale), l'hypermarché imposant qui a pris aujourd'hui la place de la mission comme centre social de Libreville. Mbolo ! Mot rond, mot magique qui cherchait évidemment la « chose » qui lui ressemblait et l'a trouvée enfin dans cette colossale boîte préfabriquée, à raies verticales bleues et blanches, avec ses travées regorgeant de marchandises en séries où sont célébrés chaque jour les rites modestes de la consommation de masse.

De toute part, dans le parking énorme, grouillant de voitures sur les carrosseries desquelles le mot « Mbolo » composé d'ampoules répand du haut de la façade de l'hypermarché des fleuves rutilants de lumière, je vois accourir par bandes, comme vers un soleil artificiel et illusoire de l'avenir, les blancs et les noirs de Libreville. Mais devant l'entrée du magasin, sur un terre-plein libre, parsemé de peaux de banane, de papiers gras et autres détritus, quelques esprits entreprenants profitent de l'illumination de Mbolo pour improviser par terre un petit marché de fruits et de divers articles, concurrent humble sans être méprisable de l'hypermarché. Comme pour dire : « Si Mbolo ne te satisfait pas, nous sommes là, nous, à des prix sacrifiés ! »

Nous entrons avec une foule gaie et bavarde dans l'immense salle, toute blanche, du plafond au sol, toute festonnée pour l'occasion de Noël de diverses décorations lumineuses d'une même couleur violette. Un débat est alors soulevé sur le fait qu'en Italie le violet porte malheur. Mais la conclusion est qu'en Afrique, de toute évidence, le violet porte chance, autrement à quoi serviraient les managers diplômés comme il se doit en marketing et en sociologie de la consommation de masse ?

Quoi qu'il en soit, nous sommes ici pour un pique-nique de jour de l'an ; que le violet porte malheur ou chance, peu importe. Dès le premier coup d'œil aux rayons alignés de part et d'autre des travées, s'impose une généralisation inévitable : la marchandise, de première qualité en ce qui concerne le rayon alimentation qui n'a rien à envier aux supermarchés analogues de New York ou de Paris, retombe brusquement quand on en vient aux vêtements, dans le bas de gamme dignes de quartier de banlieue ou de province pauvre. Fromages de première qualité, toutes les variétés de yaourts et saucissons raffinés font honte aux slips, chemises, chaussures, chaussettes, tous d'exécrables facture et matériau. Naturellement les jeans et les tee-shirts *Fruit of the loom* résistent ; mais ça, on le sait : la démocratie de la couture américaine commence et finit avec eux. Encore une autre observation : deux tiers de noirs, à Libreville, s'habillent dans les cotonnades vives et illustrées fabriquées exprès pour eux en Hollande et en Angleterre. De ces cotonnades, dans lesquelles « l'art nègre » se conjugue avec l'Art Déco et le Liberty, il n'y a pas trace dans l'hypermarché. Quiconque en chercherait devrait aller au traditionnel marché africain en plein air, où les coupons multicolores sont étalés sur les trottoirs boueux. Qu'est-ce que ça veut dire ? Que Mbolo, au fond, est américain ; et que les Américains, du moins en ce qui concerne les vêtements, sont plus impérialistes que les Européens.

Nous achetons, conformément à la vieille superstition du jour de l'an, quelque chose de nouveau et quelque chose de rouge à nous mettre en 1984 ; nous achetons aussi, pour le pique-nique, du pain français, du saumon fumé, du fromage blanc, du riz au lait, des ananas et des fruits secs. Chargés de toute cette marchandise, nous sortons de Mbolo alors que la fête de la consommation agonise déjà. Dans les travées, les lumières s'éteignent ; les vendeurs épuisés font leurs derniers comptes ; les écorces et les détritus jonchent le sol. À la sortie, je jette un regard aux caddies surchargés que les noirs de Libreville poussent vers les caissières assises à l'entrée. Je suis frappé par le nombre de bouteilles de vin raffiné et de liqueurs fortes : la réputation du Gabon, de pays où l'on consomme le plus de champagne, est donc fondée. Mais dès que nous sommes sortis de Mbolo, nous faisons un dernier achat dans le marché clandestin dont j'ai parlé : à une « mama » noire, avec un bébé sur le dos et un autre accroché au sein, nous achetons une vieille bouteille de whisky remplie de cacahuètes grillées.

Vingt-quatre heures. Sur la véranda, il n'y a personne ; le restaurant est fermé ; les garçons en ce moment fêtent 1984. Ce que nous faisons à notre tour. L'océan ténébreux s'éclaire par intermittence à la lueur des puits de pétrole sous-marins ; le pique-nique est éparpillé en grand désordre sur une table sans nappe. Au compte à rebours, cinq, quatre, trois, deux, un, zéro, nous nous levons tous ensemble avec nos verres en plastique pleins de Veuve Clicquot tiède et nous portons un toast à une année sans guerre atomique, sans faim, sans catastrophe écologique, bref les habituelles bonnes intentions dont sont pavées les routes de l'enfer contemporain. À minuit cinq, nous allons nous coucher.

XI

MAYUMBA, HISTOIRE DE MAGIE DANS LE DÉSERT DE LA FORÊT

Mayumba. Quatorze heures. On part, on quitte Libreville, la ville de la consommation et du pétrole, et on s'envole pour Mayumba, la vraie Afrique, le vrai Gabon authentique, si récent que soit son équipement, destiné à permettre en même temps le risque et la sécurité, la vie de pionnier et le confort. Mayumba ! Le nom à lui seul, avec cet « y » liquide comme la lagune et cette syllabe finale « umba » comme la forêt, est tout un programme, bien entendu, africain. Mayumba ! Le guide *Le Gabon aujourd'hui*, au mot Mayumba, souligne lui-même l'isolement sauvage du lieu de la façon suivante : « Mais le site a été fréquenté par les Européens depuis une époque reculée. Les Hollandais, en 1953, y abordaient déjà et y faisaient leur commerce. Avec qui ? Mystère. » C'est, à ma connaissance, le premier exemple d'un guide qui, au lieu de fournir des renseignements, se contente de s'exclamer : « Mystère ! »

À l'aéroport, en tout cas, nous ne trouvons pas une seule place dans l'avion qui nous conduira à

Mayumba. Mais, naturellement, les choses étant ce qu'elles sont en Afrique, au bout de deux heures d'attente nous trouvons toutes les places que nous voulons. Pendant que nous attendons, je me mets à regarder attentivement la foule tumultueuse qui remplit la salle de l'aérogare : les aéroports, tout comme les marchés, sont les grands carrefours de l'Afrique, cette grande paysanne passée sans transition des pistes de la forêt aux routes du ciel. Je suis assis sur une banquette et je regarde. À première vue la foule africaine se présente comme un attroupement d'hommes en pyjama et de femmes en robe de soirée. Les hommes sont plus déconcertants aux yeux d'un Européen habitué à la triste et absurde tyrannie de la veste à revers (à quoi servent-ils ?), de la cravate (que signifie-t-elle ?), des pantalons (pourquoi repassés, pourquoi avec un pli ?). Ils sont si nombreux ceux que nous avons déjà rencontrés dans les bureaux de la ville habillés de gris, à l'anglaise, comme leurs collègues blancs et qui à présent, ici, à l'aéroport, exhibent un soleil orange aux rayons verts sur le dos et un soleil vert aux rayons orange sur le ventre. Pour le reste, pantalons flottants et tunique au col ouvert sur quelque chaîne en or scintillante.

Quant aux femmes, on dirait qu'elles se sont simplement trompées de lieu et d'heure ; elles croient être dans le foyer d'un opéra alors qu'elles sont dans la salle des départs et des arrivées d'un aéroport. La tête enveloppée de turbans en forme de chou-fleur, leur corps abondamment drapé dans la même cotonnade multicolore que leurs turbans, ces femmes déambulent, majestueuses, dans la salle, comme des personnages théâtraux au-devant de la scène. Mais sont-elles ici pour partir ou pour mener une vie sociale ? On saura la vérité au moment du départ, quand de toute cette foule bariolée et vive ne se détacheront pour affronter le vol que quelques individus munis de l'inévitable attaché-case.

Quinze heures. Nous montons docilement dans un Fokker de soixante-dix places, avec deux pilotes, un blanc et un noir, et deux hôtesses, noires toutes les deux, et très belles. De mon siège, je vois dans la cabine de pilotage le bras blanc et blond du pilote tirer un levier et appuyer sur l'un des innombrables boutons du plafonnier. Puis l'avion prend de la vitesse sur la piste, le long de la triste forêt, décolle juste à temps, survole Libreville en virant. Ça y est !

Ça y est, mais quoi au fond ? Ça y est, nous constatons que cette partie de l'Afrique est indiciblement quaternaire, avec un milieu naturel digne du Douanier Rousseau, où il est facile d'imaginer de grands reptiles du type du dinosaure, plongés dans des marais immenses, à l'ombre des fougères géantes. De l'avion, avec le regard perçant d'un oiseau qui chercherait en vain un lieu où se poser, je contemple la forêt verte, enflée, qui bout dans l'énorme marmite du paysage. Elle est si épaisse que je ne peux pas m'empêcher de me rappeler une phrase désinvolte et sinistre entendue il y a quelques jours à Libreville : « Si un avion tombe, la forêt s'ouvre et se referme, et puis voilà. »

De temps à autre, j'aperçois une lagune aux eaux noires et miroitantes qui serpente dans la forêt, disparaissant et réapparaissant entre les arbres, comme un fjord norvégien entre les rochers. Par instants, je distingue sur une plage de la lagune un groupe de cabanes, un minuscule village. Que peuvent bien faire les habitants ? Est-ce qu'ils abattent bien sagement les arbres pour les mobiliers européens ? Ou se déchaînent-ils dans quelque rite religieux pas très catholique, dédié aux trois grandes catégories des esprits de la forêt, les Abambo, les Imbwiri, les Asiki ? C'est le moment ou jamais de dire : « Mystère », car personne ne peut imaginer, sinon par expérience directe, ce qui se passe dans la tête de l'homme en contact permanent avec la nature, au sommet de sa puissance.

Quinze heures trente. On descend, l'avion tremble et vibre comme pris de fièvre ; c'est la première escale, à Ombooué. Nous atterrissons avec un bruit sourd ; l'avion continue cependant à rouler d'une manière étrange, comme s'il cherchait quelque chose. Je comprends à la fin, quand il s'arrête définitivement sous un gigantesque fromager : il cherchait de l'ombre. Par le hublot, je vois beaucoup de poules qui, loin d'être effrayées par le fracas du moteur, picorent dans l'herbe. Je descends, me voici devant un pré immense, entouré symétriquement par la forêt, sombre comme d'habitude, impénétrable, mélancolique. Les passagers qui sont descendus se dirigent Dieu sait où vers la forêt ; et ceux qui montent, Dieu sait de quel coin de la forêt ils sortent. Mais où habitent-ils vraiment ? Et comment se fait-il qu'en vivant dans la forêt ceux qui sont descendus tout comme ceux qui sont montés semblent endimanchés avec des habits impeccables, immaculés, bien repassés, aux couleurs et aux dessins assortis ? Comment font-ils pour avoir autant de fers à repasser dans les villages ? Et autant de cintres ? Et autant d'armoires ?

Seize heures. Deuxième escale. Peu avant l'atterrissage, nous avons pu voir du ciel, encastré dans la verdure, quelque chose d'étrange, quelque chose de géométrique : une ville dessinée comme un damier, avec des rues tracées au cordeau qui se coupent en angle droit, avec de petites maisons toutes pareilles, à l'aspect nordique, scandinave. C'est Gamba, fille du pétrole ; ce sont les Hollandais qui l'ont construite, de toute évidence dans un moment de nostalgie aiguë pour leur pays natal. À Gamba, un homme bien habillé monte, avec une petite cage dans laquelle est enfermée une minuscule chèvre.

Seize heures trente. Enfin, Mayumba ! Son aéroport ne déçoit pas, mais confirme que l'Afrique est le lieu de tous les contrastes. La forêt n'a même pas été entièrement défrichée, la piste se déroule entre deux étroites parois d'arbres, comme dans une galerie de feuillages ; en compensation, l'aérogare est un joyau d'architecture franco-africaine sophistiquée, avec cinq toits en pain de sucre qui simulent cinq toits de huttes primitives. Elle a coûté, paraît-il, six milliards ; mais pour une raison mystérieuse elle est fermée et il faut se contenter de lorgner, à travers les vitres hermétiques, les vastes salons ombreux, pleins de fauteuils vides, les pancartes prometteuses : bar, toilettes, restaurant, direction, journaux, etc. Heureusement, malgré cet air d'abandon précoce, nous sommes attendus.

Un petit homme aux moustaches grises et tombantes, habillé d'une salopette bleue, avec une casquette à la visière démesurée, nous invite à monter dans une fourgonnette, type canadien, tout en faux bois, avec un blason où l'espadon, symbole de pêche, est accompagné de l'éléphant, symbole de chasse. C'est la voiture du « Banjo Safari Club » de Mayumba, comme l'indiquent pompeusement les inscriptions sur les portières. Nous montons et démarrons, bringuebalant sur les trous et les bosses d'une piste africaine comme tant d'autres. Où allons-nous ? À Mayumba certainement, mais nous découvrirons par la suite qu'en réalité Mayumba n'existe pas comme centre habité : il s'agit plus d'une forêt parsemée de maisons que d'un village entouré de forêt.

Le petit homme aux moustaches tombantes, peut-être poussé aux confidences par notre soif de renseignements, nous raconte, tout en conduisant, l'histoire très africaine du « Banjo Safari Club ». Un associé et lui, tous deux guides assermentés de safari, vendent tout ce qu'ils possèdent en France pour se faire construire, sur la lagune de Banjo, « plutôt » que sur la magnifique plage océanique voisine, un lodge du genre de ceux créés par les Anglais dans les parcs de Tanzanie. Le choix de la lagune s'explique par deux raisons : avant tout, la chasse, avec le lodge situé à deux pas de la forêt ; en second lieu, le fait que sur la plage il n'y ait ni eau ni électricité, qui, en revanche, sont accessibles sur la lagune. Une fois le lodge construit, les deux associés attendent tranquillement les inévitables clients. À la place des clients, tombe un décret du gouvernement qui interdit formellement la chasse, quelle qu'elle soit ; comble d'ironie, la préfecture munit la plage d'électricité et d'eau courante. « Bref, conclut mélancoliquement le propriétaire du lodge, nous nous sommes trompés sur toute la ligne. – Et que comptez-vous faire ? – Nous ne sommes pas des hôteliers, mais des chasseurs. On verra... »

Dix-huit heures. Voici la lagune, toute noire, avec la forêt derrière elle, noire elle aussi, mais d'un noir différent, le premier étant liquide, le second enchevêtré. Voici le lieu désert et silencieux de l'embarcadère, voici le bac, tout rouillé, si petit que notre voiture l'occupe presque entièrement. Nous traversons la lagune que le crépuscule fait tragiquement rougeoyer, nous descendons du bac, nous grimpons sur une côte escarpée. Voici les lumières du lodge, voici le bungalow plus vaste où se trouvent la salle à manger, le bar, la cuisine, la direction. Les chambres sont situées dans des bungalows plus petits, éparpillés sur la pente recouverte d'arbres. Voici ma chambre. C'est le triomphe du bois : parquets, murs de lattes, plafond en boiserie, salle de bains et ustensiles de bois. Où ai-je vu autant de bois ? Ah, je me souviens, dans un village musée de l'époque tsariste, en Sibérie, dans les environs du lac Baïkal, autre région de forêts impénétrables.

Je sors sur la véranda et je regarde. Il fait nuit et il y a, dans le noir absolu, inquiétant, deux seules lumières, l'une explicable et l'autre mystérieuse. L'explicable consiste en une clarté diffuse au-dessus de la masse déchiquetée et immobile de la forêt. La mystérieuse est, en fait, une seule lumière qui brille, faible, mais visible, là où, assurément, elle ne pourrait et ne devrait pas se trouver, à savoir très bas, précisément dans les arbres. La première est la lueur de la flamme lointaine d'un puits de pétrole sous-marin ; la deuxième, elle, ne s'explique pas du tout. Serait-ce un esprit, un Abambo, un Imbwiri, un Asiki ? Ou bien, plus probablement, un braconnier ? Oui, parce que cette forêt que le propriétaire du lodge me décrit comme peuplée de gorilles, d'éléphants et de nombreux autres animaux constitue une tentation irrépressible pour les braconniers. Un gorille a une valeur précise ; il est décapité et la tête, embaumée, se vend au prix fort, comme un objet magique.

Vingt heures. Nous dînons dans le lodge presque désert à cause du manque désormais définitif de clients chasseurs. En dehors de nous, il y a une tablée de « forestiers », c'est-à-dire d'employés des forêts, et les deux propriétaires associés, le petit moustachu que nous connaissons déjà et son compagnon, un colosse, avec sa femme à l'air avisé et pondéré d'institutrice et leur petite fille. À la fin du repas, comme c'est traditionnel dans de pareils lieux, on se réunit et on aborde le sujet inévitable en Afrique, à savoir l'Afrique elle-même. Le petit associé raconte alors diverses histoires de sorcellerie locale. Voici celle qui me frappe le plus.

Donc, dans un village voisin, un braconnier blesse un buffle, animal très dangereux quand il est blessé justement. En effet, le buffle, peu après, tue une femme. La préfecture envoie alors un chasseur professionnel qui est rapidement mis hors de combat par le buffle. Les villageois se rendent chez le propriétaire du lodge, lui aussi chasseur professionnel, et le prient d'intervenir ; il refuse, il tient à sa peau. Quelques jours plus tard, il reçoit la visite de deux policiers qui lui demandent de les accompagner au village avec son canot. Il les interroge sur les raisons de leur démarche. Réponse : « Nous allons tuer l'homme buffle. » Et qui est l'homme buffle ? C'est un sorcier qui le jour est quelqu'un comme tous les autres et la nuit se transforme en buffle. Ils vont au village et les policiers arrêtent en effet un pauvre diable quelconque. Le propriétaire du lodge lui demande pourquoi il se laisse arrêter sans protester. L'homme répond que les anciens ont décidé que c'était lui l'homme buffle, et qu'il ne peut faire aucun doute sur leur accusation. La délégation s'embarque sur le canot, l'essence vient à manquer, les deux policiers rament de mauvaise grâce. Le propriétaire les avertit alors : « Ramez plus vite parce que c'est déjà le crépuscule et, dès que la nuit sera tombée, cet homme que vous avez arrêté deviendra buffle et vous tuera. » Les policiers, effrayés, rament le plus vite possible, arrivent juste à temps à la prison pour y enfermer l'homme buffle. Le procès a lieu, l'homme buffle, qui reconnaît sa culpabilité, est condamné à cinq ans de prison. Et le village ? Le village a été abandonné ; les habitants l'ont reconstruit cent kilomètres plus loin.

Vingt-deux heures. Les cafards africains sont énormes ! Mais tout le monde me dit que ces bestioles noir rouge, armées d'antennes plus longues que leur corps, sont, comme on peut le vérifier, inoffensives. Je vais me coucher et je m'endors presque aussitôt.

XII

ENTRE OCÉAN ET FORÊT EN PENSANT À STEVENSON

Mayumba. Dix heures. Le directeur d'une agence de Libreville, à propos de la plage de Mayumba, s'en est tiré par la formule touristique : « La plus belle plage du Gabon. » Mais pour moi, littéraire impénitent, ce que cette plage évoque, c'est Stevenson, Melville, Homère, pourquoi pas ? D'Annunzio même, confirmation ponctuelle que les choses ne commencent à exister qu'à partir du moment où elles sont dites et surtout écrites.

La baie est très vaste, avec son littoral blanc, ses palmiers verts et l'océan bleu qui s'incurve jusqu'à l'horizon le plus reculé, s'affinant progressivement en une seule ligne vaporeuse et indistincte. Là où le ciel semble se confondre avec la mer, la silhouette lointaine d'un bateau, peut-être un pétrolier, est suspendue dans la lumière du matin.

Il n'y a personne en vue, aussi loin que l'on regarde ; la solitude s'accorde merveilleusement avec le calme de la mer ; tout le paysage paraît stupéfié d'être là, comme si nous n'étions pas en hiver 1984, mais au premier jour de la Création.

Je regarde avec ravissement les grands oiseaux blancs qui volettent, en piquant du bec, sur les faibles vagues silencieuses, quêtant en vain une proie improbable ; les grands crabes roses qui avancent de côté sur le sable mouillé. Mais au-delà de la large plage déserte, la forêt barre la vue avec son enchevêtrement mélancolique et menaçant, tout comme elle devait apparaître autrefois aux naufragés européens qui avaient échappé aux vagues, présageant de nouvelles et peut-être insurmontables difficultés. Oui, la sérénité, le calme, la stupeur du paysage suggèrent invinciblement l'idée d'une fausseté insidieuse et mensongère de la nature. On ne peut pas s'empêcher de se dire : « Tout est trop beau pour être vrai », et d'éprouver le pressentiment de la surprise, de l'accident, de la fêlure révélatrice.

Onze heures trente. Je dois penser encore à la sensation d'insidieuse fausseté qu'inspire la nature africaine, surtout quand elle est la plus belle et la plus captivante, alors que nous rentrons en canot à l'hôtel à travers la lagune. Il souffle une brise légère, le soleil resplendit et tape ; mais la forêt, là-bas, le long des rives, reste ténébreuse et renfrognée, si bien que je me dis : « Que manigance-t-elle encore contre nous ? » Presque au même moment, je baisse les yeux vers le fond du canot et je vois qu'au moindre sursaut il s'inonde d'un flot abondant et jaunâtre, au point que le bord coïncide presque avec le ras de l'eau. Je demande, comme si de rien n'était, ce qu'est toute cette eau au garçon ensommeillé et indolent qui tient le gouvernail, et il répond avec l'indifférence propre, justement, aux malheurs imminents : « Il y a un trou dans la coque. » Or, nous devons repartir de Mayumba dans deux heures ; la perspective d'un ridicule naufrage dans deux mètres d'eau à peine, qui pourrait cependant avoir pour conséquence qu'on rate l'avion, nous alarme à juste titre. Nous crions au garçon à la barre de faire cap sur la rive ; il obtempère mollement ; nous avons à peine le temps de sauter à terre que le canot sombre, ses bords émergeant seuls de l'eau noire et huileuse.

Nous nous trouvons à présent dans une petite « enclave » creusée dans la forêt, sur laquelle se dresse un bâtiment délabré dont le fronton est orné d'une mystérieuse croix de Malte. C'est une léproserie ; par la fenêtre une femme, peut-être une lépreuse, nous indique un sentier qui, à travers la forêt, gravit une colline incendiée de soleil, et nous permettra de rejoindre l'hôtel à temps pour le départ. Nous nous mettons en route, entre des arbres gigantesques, dans l'ombre vrombissante d'insectes. Le sentier monte en zigzag, de temps à autre une clairière s'ouvre, avec quelque chose de semblable à un jardin potager et avec quelques Africains en train de bêcher. Des lépreux ? Ensuite, juste au sommet de la colline, voici un élargissement avec quelques bâtiments un peu analogues à la léproserie : vieux, décrépis, tachés d'humidité, les balcons moisis, les fenêtres closes. C'est la mission catholique, aujourd'hui fermée ou presque, parce que l'Etat a retiré l'enseignement aux missionnaires. L'herbe pousse à foison entre les bâtiments, de gros insectes noirs y sautillent, seule l'église semble encore animée, elle est ouverte, on entrevoit les bancs de bois brillant, l'autel fleuri. Et les prêtres ? Au lodge on me dira qu'il n'y en a qu'un, qui, à ses moments perdus (ou plutôt gagnés), est également menuisier.

Quatorze heures. Pendant que nous descendons de la colline où se trouve le lodge, me trotte dans la tête un mot français que j'ai entendu prononcer hier soir par le pilote de l'hélicoptère qui fait la navette entre Mayumba et les puits pétroliers sous-marins : « Mayumba ? Un cul-de-sac ». Maintenant, au moment même où je vais monter sur le bac, je me rappelle cette phrase et je me demande si par hasard l'expression française si pertinente de « cul-de-sac » ne sous-entend pas : « c'est le moment d'agir ». Par exemple, le bac, comme d'habitude, pourrait être en réparation et alors il faudrait revenir au lodge, rater l'avion, partir Dieu sait quand. Mais que signifie en réalité « cul-de-sac » ? Cela veut dire impasse, mais avec en prime la claustrophobie d'une enveloppe de tissu hermétique et étouffant dans lequel on est retenu enfermé par une force mystérieuse.

Quatorze heures trente. Je respire : le bac n'est pas en réparation. Le ferry, tout encombré d'énormes blocs de marbre gabonais, laissés là par une compagnie italienne qui, sans même le faire exprès, a fait faillite, se révèle propice. Pendant que nous traversons la lagune, je me rappelle une cruelle histoire de magie racontée dans le lodge à propos du cadavre d'un Africain à la poitrine rituellement ouverte et vidée qui flottait justement devant le ferry. On dirait une invention, et probablement est-ce le cas. Mais le sentiment qui l'a suscité n'est pas inventé, il reflète la réalité de la méfiance européenne dans un pays africain.

Quinze heures. Nous voici à l'aéroport. À peine une demi-heure s'écoule que l'avion qui nous emmènera à Libreville surgit dans les nuages, fait un tour, disparaît derrière la forêt, réapparaît maintenant en phase d'atterrissage, filant derrière une rangée d'arbres. Ainsi, me dis-je, l'idée du « cul-de-sac » est définitivement mise en échec ; la raison représentée par la technique occidentale a prévalu sur l'irrationnel représenté par la forêt africaine. Maintenant les passagers embarquent avec calme, ordre, l'un après l'autre. Je m'assois au premier rang, j'attache ma ceinture, j'ouvre le roman de Céline que je suis en train de lire. Mais l'avion ne part pas. Nous restons donc assis à regarder par les hublots la piste déserte et frappée par le soleil et la vieille ennemie, la forêt, qui barre l'horizon, encore triste et malveillante.

Quinze heures trente. Nous apprenons la raison du retard, raison heureusement humanitaire, pour ainsi dire : une auto arrive, comme essoufflée ; c'est le véhicule du jeune médecin zélé de Mayumba, qui transporte, comme nous ne tardons pas à le voir, une civière sur laquelle, assommé par les sédatifs, gît un Africain qui s'est fracturé le fémur dans un accident de voiture. Grand remue-ménage, quatre passagers sont délogés, la civière est placée en long contre les hublots. Allons-nous partir maintenant ? Ça en a tout l'air. De mon siège, je vois le bras du pilote pousser un levier, puis se lever vers le plafonnier et appuyer sur différents boutons. Le moteur, plus précisément les deux moteurs se déchaînent à plusieurs reprises, puis s'éteignent. Dans le silence, le pilote se lève, sort de la cabine de pilotage, parle à mi-voix avec l'hôtesse. L'hôtesse à son tour saisit le micro et, dans un français impeccable, avertit « Mesdames et Messieurs » que l'avion est « en panne » et qu'aujourd'hui du moins on ne pourra pas partir.

Je me rends compte alors des sentiments contradictoires qui m'agitaient pendant que le pilote appuyait sur ses boutons : d'un côté je désirais ardemment partir ; de l'autre, précisément parce que je pressentais que l'expression « cul-de-sac » « allait agir », j'espérais presque ne pas partir, comme si j'avais voulu une preuve de la justesse de mon intuition. Comme on le voit, on peut aussi être superstitieux par orgueil intellectuel.

Dix-sept heures. Le médecin a fait sortir de l'avion son accidenté sur sa civière, il l'a remis dans l'auto, toujours assommé par les sédatifs, et il est reparti vers l'hôpital ; les passagers africains, la brousse les a mystérieusement réabsorbés ; la femme du médecin nous propose de nous raccompagner dans sa voiture au « Banjo Safari Club » d'où nous venons. L'intention est gentille ; en réalité l'idée obsessionnelle du « cul-de-sac » se confirme point par point. Nous acceptons, mine de rien.

Dix-sept heures trente. Il n'est pas possible de traverser la lagune ; il est trop tard et le bac, dans l'obscurité de la nuit, semble désert. Nous revenons sur nos pas, nous roulons dans la nuit je ne sais combien de temps et finalement nous nous retrouvons à peu près à l'endroit où nous étions ce matin : près de la plage. Dans l'obscurité, des lumières brillent. La voiture nous mène à une petite maison, résidence du directeur d'une compagnie forestière.

Hélas, mon mauvais pressentiment est confirmé. À l'instant même où je m'assois dans un fauteuil, sur la véranda de la villa, je me sens tout englué ; je me lève et constate que mes pantalons sont zébrés de blanc : le fauteuil et même tous les fauteuils sont vernis de frais ; personne ne nous a prévenus. Peu après, je tends une main vers la table pour prendre un livre que la maîtresse de maison est en train de lire et je trouve une autre confirmation de mes lugubres pressentiments ; c'est un roman de Robbins, horreur ! Pour résumer, les deux pilotes dormiront ici, tandis que nous devrons nous contenter de la maison d'un comptable de la compagnie qui est absent de Mayumba depuis quelques mois déjà.

Dix-neuf, vingt, vingt et une, vingt-deux heures. La maison du comptable, peut-être parce qu'elle a hébergé d'autres voyageurs malchanceux, se révèle très poussiéreuse et désordonnée, si bien que nous passons un bon bout de temps à la remettre en ordre et à la rendre vivable. La salle de bains est dégoûtante comme la cuisine ; il n'y a qu'un lit ; pour le reste nous étendons des matelas qui finissent par recouvrir tout le sol de la salle de séjour. En compensation, nous découvrons un premier réfrigérateur rempli de bouteilles de bière et de Seven-Up ; et un congélateur plein à ras bords de plats surgelés durs comme des semelles. Nous mangeons en désordre sur la table sans nappe le pain français et les sardines en conserve que nous a gentiment fournis la ménagère vernisseuse de fauteuils et lectrice de Robbins avant de nous abandonner à notre destin.

Nous finissons par nous coucher et nous endormir en vrac sur le sol. Pendant la nuit, une abeille me pique à l'épaule. Les abeilles du Gabon ne sont pas comme les abeilles européennes ; à ce qu'il paraît, ce sont des insectes redoutables dont la spécificité est de tuer en quelques piqûres. À vrai dire, je n'éprouve pas une grande douleur, tout au plus la sensation d'une petite décharge électrique.

Au matin, très tôt, il est sept heures, je fais une brève promenade de reconnaissance sur la plage. C'est toujours le paysage stupéfié, ravi, digne de Stevenson et de Melville que j'ai admiré hier soir. Mais l'idée d'une fausseté démoniaque de la nature me revient à l'esprit, lorsque je regarde la forêt toujours implacable et hostile. Et en effet, nos péripéties ne sont pas terminées : pas de voiture qui puisse nous conduire à l'aéroport, à six kilomètres d'ici. Nous allons de villa en villa ; partout on nous répond qu'on ne peut nous être d'aucun secours. Quelqu'un nous dit carrément, la mine butée : « Ma voiture me sert à moi seul et à mes amis. » À la fin, le boss africain d'une agence de bois nous prête son auto.

Onze heures. Le Fokker est toujours là, très beau, tout scintillant au soleil, mais immobile. On nous informe qu'on attend un avion de Libreville qui amènera des mécaniciens pour réparer la panne.

Entre-temps, je m'aperçois que la foule des passagers qui attendent semble plus nombreuse qu'hier soir. À juste titre ! Il y en a vingt de trop ; naturellement ils ont tous leurs billets.

Onze heures trente. Un avion de trente places arrive, mais ce n'est pas celui des mécaniciens ; il vient prendre trois, je dis bien trois, conscrits pour la garde du corps présidentielle. Quel gaspillage ! Vindicativement, nous calculons que chaque conscrit coûtera au contribuable gabonais deux millions de lires. Un peu plus loin un avion-taxi atterrit. Rien que par curiosité, nous demandons combien il prendrait pour nous conduire à Libreville, à une heure de vol d'ici. Réponse : quatre millions de lires.

Douze heures. Voici l'avion des mécaniciens tant désirés. Il atterrit, les mécaniciens courent comme à l'attaque vers notre Fokker. Mais, déception ! Le moteur en panne est situé trop haut, il faut une échelle dont on ne dispose pas parce que, entre autres raisons, l'aérogare est fermée à double tour. Le médecin, avec sa voiture dans laquelle se trouve aujourd'hui encore la civière avec l'accidenté, se charge d'aller chercher l'échelle dans la brousse.

Treize heures. L'échelle, un escabeau rudimentaire, est trop basse. Alors le médecin gare sa voiture sous le moteur et le mécanicien monte dessus. Par le hublot, je suis la scène avec une trépidation médusée. La portière arrière de la voiture du médecin est ouverte, on entrevoit le pauvre Africain étendu et immobile, enveloppé dans un tissu vif à fleurs, d'où sortent ses maigres jambes noires, ses pieds nus à la plante rose.

Quatorze heures. La panne est réparée, on part, enfin. Éclate alors la bagarre qui couvait depuis un moment. Tout le monde veut monter bien qu'il n'y ait pas assez de places. On crie, on s'entasse sur l'escalier mobile, on se donne des coups de poing, un de mes compagnons est pris à la gorge d'un geste de lutte libre qu'on appelle « la cravate ». Chez les Africains semble prévaloir l'idée que les Européens abusent.

Cette conviction est très forte surtout chez un individu bilieux entièrement et funestement habillé de noir. Le pilote, cependant, dévie habilement ce meneur sur l'avion des mécaniciens, lequel, dans peu de temps, une fois la panne réparée, s'envolera avant nous pour Libreville. Le meneur monte dans l'avion en nous lançant un dernier coup d'œil fier et hostile ; il tient par les pattes deux poules qui dans l'échauffourée ont perdu une quantité non négligeable de plumes. Mais une fois que le groupe des mécontents est décapité de son chef, la situation en quelque sorte se débloque. Nous partons dans la violente puanteur d'un chargement de poissons en piètre état, pour lequel de toute évidence la halte nocturne de Mayumba n'avait pas été prévue.

XIII

DERRIÈRE LIBREVILLE, UN PAYS RICHE ET DÉPEUPLÉ

Libreville. Neuf heures. Mayumba, Gamba, Iguela, Ombooué, Port-Gentil, Libreville, tel est le vrai Gabon ou n'est-ce qu'une partie du littoral océanique sur lequel l'Europe a provisoirement débarqué, pour y rester simplement tant qu'il y aura du profit, pour repartir une fois épuisées les ressources minières et pétrolières ? Ces villes sur la mer sont destinées un jour à déchoir au rang de *ghost-towns*, comme certaines petites villes des chercheurs d'or californiens ; à moins qu'elles ne deviennent avec le temps le débouché d'un riche arrière-pays, comme les villes américaines de la côte atlantique après l'époque du *Mayflower* et des pionniers ? Bref, qu'est-ce que le Gabon véritablement ? Un entrepôt ? Une forêt équatoriale munie de ports bien équipés, pour exporter des troncs d'arbres ? Un océan plein de gisements de pétrole à exploiter ? Une mine de manganèse reliée à la mer par la voie ferrée et par la route transgabonaise ? Ou bien une nouvelle nation africaine ? Un État souverain ? Un pays avec six cent mille habitants, cinquante-deux ethnies et quarante-trois dialectes ?

Hier soir, au bar de l'hôtel, j'ai posé ces questions à un Français mi-ethnologue et mi-homme d'affaires, comme ça se produit parfois au Gabon, et il m'a répondu que derrière le littoral océanique il n'y avait que « le rien ». J'ai aussitôt objecté que le rien n'existe pas, que le rien n'est jamais vraiment rien, mais toujours « quelque chose » ; et il m'a immédiatement donné raison en disant que ce « rien » était infiniment plus intéressant que le « tout » que l'on pouvait voir sur la côte, comme est toujours plus intéressant l'inconnu que le connu, le mystérieux que le manifeste, l'implicite que l'explicite. Bref, a-t-il conclu, il faut connaître l'intérieur du Gabon.

Ainsi, ce matin, décidons-nous de suivre ce conseil. Nous voici en voiture, nous filons sur le bord de mer, en route vers Libreville. Le chauffeur a mis l'air conditionné au maximum ; il a allumé la radio sur une petite musique pop ; derrière les vitres, je vois défiler d'un côté les palmiers que la brise marine incline et bouleverse, de l'autre les bâtiments fantasques de l'architecture néo-colonialiste franco-africaine ; et je suis alors envahi par cette ivresse de toute-puissance bien connue des Européens qui se tiennent prudemment sur la côte, dans le train-train quotidien de la plage et des bureaux, des magasins et des bars. Oui, maintenant, nous allons organiser un voyage à l'intérieur, nous irons dans les profondeurs, nous allons sonder la forêt.

Dix heures. Voici le centre de Libreville. Magasins, magasins, magasins. Gratte-ciel moyens et petits, bizarrement faits comme des armoires avec tous leurs tiroirs ouverts, comme des tours à trois pointes, comme des boîtes en verre et en acier, et même parfois avec une façade en vitres déformantes comme à New York. Nous sommes dans le postmoderne et même dans le postpostmoderne, à deux pas, toutefois, de la forêt. Les rues ne sont pas larges et droites comme en Amérique, mais plutôt étroites, tortueuses, intimes comme dans une vieille ville française et l'on voit parfaitement que le centre de Libreville est une espèce d'îlot piétonnier privilégié dans lequel les Européens vont et viennent pour leurs affaires et leurs achats.

Nous entrons dans une librairie et nous avons tout de suite une vision de l'autre face du néocolonialisme français. D'un côté, donc, *l'exploitation*, de l'autre *le plaisir du texte*. Voici, en effet, tous les « livres de poche » avec toute la littérature du monde, et pas seulement la française ; voici les dernières nouveautés de Paris. Voici les rayons de livres sur l'Afrique. Nous en achetons quelques-uns parmi lesquels l'excellent essai de Georges Balandier, *Afrique ambiguë*. Puis, de la librairie nous allons à un bureau de tourisme. Il est au sommet d'un immeuble étroit et extrêmement haut, tout à fait semblable à un de ces meubles qu'on appelait autrefois des « semainiers ». Voici l'entrée avec, de part et d'autre, une superposition de plaques d'agences, firmes d'import-export, compagnies, sociétés, bureaux, banques, etc.

Nous nous engouffrons dans un ascenseur très étroit et exigu (« il semble conçu pour des limandes », observe un bel esprit parmi nos compagnons) qui, d'une seule traite, nous expédie au quinzième étage. Nous entrons dans un petit appartement de rien, trois minuscules chambrettes en tout, dont chacune peut à peine contenir un bureau. En compensation, sur la table du fonctionnaire qui nous reçoit, il y a trois téléphones ainsi que deux interphones.

Le fonctionnaire est un Africain très maigre, au visage, pour ainsi dire, stylisé par la nature même, en forme de masque émacié et chevalin. En bras de chemise (blanche), boutons de manchette dorés aux poignets, nœud de cravate négligemment relâché, il nous accueille avec un sourire éclatant, il nous offre des cigarettes et nous assure qu'avec un ou deux coups de téléphone notre voyage à l'intérieur du pays sera parfaitement organisé. Ces mots suffisent à ranimer en nous l'ivresse de la toute-puissance ; nous nous installons, satisfaits, sur les fauteuils tubulaires et lui, sans tarder, la cigarette aux lèvres, compose un numéro de téléphone. Nous entendons l'écho de la tonalité de l'appel ; une voix nous parvient ; un sourire s'épanouit sur le visage du fonctionnaire, qui nous fait un signe des yeux comme pour dire : « Ça y est. »

En réalité, ça n'y est pas du tout. Le fonctionnaire entame une longue conversation, à moitié cérémonieuse à la française et à moitié affectueuse à l'africaine, dans laquelle il est question de tout, de la famille aux affaires, de la santé au travail, des événements du passé aux projets d'avenir, de tout, sauf de notre voyage à l'intérieur du Gabon. Finalement, on lui dicte le numéro de téléphone d'un autre bureau « vraiment » compétent, numéro que notre fonctionnaire note avec soin sur son carnet. Puis, avec un minimum d'explications, après avoir allumé une autre cigarette, voici le deuxième coup de téléphone. Nouvelles politesses, nouvelles cérémonies, nouveaux renseignements personnels et mutuels, puis un autre numéro de bureau « vraiment » compétent. Ensuite troisième coup de téléphone, quatrième coup de téléphone, cinquième coup de téléphone.

Voilà déjà deux heures que nous sommes assis dans ces fauteuils tubulaires, dans le ronflement de l'air conditionné, le cendrier est rempli de mégots, l'air empeste la fumée ; et on ne sait toujours rien. À la fin, voici le résultat dérisoire de tant d'appels : l'excellent fonctionnaire nous écrit sur une de ses cartes de visite le nom et l'adresse d'une agence européenne de voyages et de location de voitures et il nous la tend avec un dernier sourire. Tout à coup, la vérité me traverse comme une illumination. Ce qui se fait dans ce bureau, ce n'est pas tant de fournir des renseignements que d'agir comme si on fournissait des renseignements. En d'autres termes, c'est un bureau où le comportement, c'est-à-dire ce qui en anglais se nomme *behaviour*, remplace l'efficacité.

Ou plutôt, pour des raisons inhérentes à la nature des rapports entre noirs et blancs, comportement et efficacité sont une même chose. En d'autres termes, nous nous trouvons en présence d'une mimésis qui feint l'existence de l'inexistant, comme dans cette farce qui consiste à coudre un bouton imaginaire avec du fil imaginaire et une aiguille imaginaire sur une veste imaginaire.

Douze heures. Nous voici à l'agence. Moquette, bureaux suédois, employés, hommes et femmes français, élégants, dégourdis, courtois et directs. Voici en gros le dialogue qui s'est déroulé entre eux et nous : « Nous sommes venus au Gabon pas seulement pour visiter la côte, mais aussi pour connaître l'intérieur du pays. Nous aurions besoin de deux Land Rover. – Ah, l'intérieur ! Quel intérieur ? – Par exemple, Franceville, est-ce qu'on peut aller en voiture jusqu'à Franceville ? – Non, pour rejoindre Franceville, il vous faut prendre l'avion. – Pourquoi ? II n'y a pas de piste ? – Qui sait ? Peut-être que oui, mais nous ne laissons pas nos voitures l'emprunter, parce qu'elles risquent de ne jamais en revenir. – La piste n'est donc pas praticable ? – Elle doit l'être, mais nous n'en savons rien. Nous n'y allons pas, voilà tout. – Et y a-t-il des hôtels, des motels, des rest houses le long de la piste ? – Non, pourquoi devrait-il y en avoir ? – Pour passer la nuit, parbleu ! – Il n'y en a pas, personne ne va en voiture sur les pistes forestières. – Il doit bien y avoir des missions. – Non, il n'y a pas de missions. – Mais le Gabon est un pays catholique, non ? – C'en est un évidemment, mais les missions ne vont pas dans certaines parties du Gabon, parce qu'il n'y a personne à convertir. – Qu'est-ce que ça veut dire ? – Ça veut dire que dans de nombreuses régions le Gabon est dépeuplé. Il y a un habitant au kilomètre carré ou même aucun habitant. Qui devraient-ils convertir, les missionnaires ? Les gorilles, les éléphants ? – Mais pourquoi n'y a-t-il pas d'habitants ? Le pays est tout de même très riche. – Les Gabonais ne font pas d'enfants, vous ne le saviez pas ? – Pourquoi ne font-ils pas d'enfants ? – Qui sait ? Peut-être la forêt n'est-elle pas favorable à la famille. »

Quinze heures. Je revois le Français d'hier soir et je lui raconte nos vaines tentatives pour organiser un voyage en Land Rover à l'intérieur du Gabon. Il se met à rire : « Je vous avais bien dit que derrière la côte il n'y avait rien. Mais peut-être que je ne me suis pas bien expliqué : ce "rien" se trouve dans l'esprit des Européens de Libreville, ainsi que dans celui de quelques noirs, disons, urbanisés. En réalité, ce "rien" est bien quelque chose, mais il faut aller le chercher. Savez-vous comment s'appelle ce pessimisme en ce qui concerne le Gabon ? – Non. – S'il s'agit d'une crise momentanée et aiguë : la gabonite. S'il s'agit d'une maladie chronique : le gabonisme. En réalité, il n'y a rien de vrai à cela ; on voyage au Gabon plus ou moins comme partout en Afrique. Mais ici les Européens prennent plus leur aise qu'ailleurs. »

Dix-huit heures. Nous avons réservé nos places dans un avion de tourisme, un Cessna ou un Piper, pour rejoindre dans quelques jours les spectaculaires défrichements de la voie ferrée transgabonaise aux environs de Lastourville. En attendant, nous irons à Lambaréné en auto, la piste non seulement est bonne, mais sur une longue distance elle a déjà été remplacée par une route asphaltée.

Maintenant, après tant de fatigues, je me relaxe un peu sur mon lit, en lisant toujours le *Voyage au bout de la nuit* de Louis-Ferdinand Céline.

Toute une partie du roman est donc consacrée à l'expérience africaine et certainement, en la lisant, on risquerait de penser que Céline est raciste, si on ne devait pas comprendre par la suite qu'au fond ce n'est qu'un misanthrope du genre, comment dire, historique. De façon analogue à un poète comme Eliot qui exprimerait les mêmes sentiments sur un ton élégiaque ou apocalyptique, Céline ne fit qu'enregistrer avec une fureur rageuse et dénigrante la dépression de l'Europe après les massacres de la Première Guerre mondiale. Et sa misanthropie s'enracinait dans le désastre des valeurs de l'Occident plutôt que dans une vision du monde pensée et articulée.

Toutefois, dans le roman autobiographique de Céline, certes avec des déformations vindicatives et caricaturales, il y a une description précise de ce qu'était l'Afrique il y a moins d'un demi-siècle. Céline parle d'un « trou infect » qui s'appelle Fort-Gono, qui pourrait parfaitement être le Libreville d'alors. Le « trou infect » a un seul centre commercial, de type Far West, et une société cynique et frustrée de fonctionnaires, de militaires et de commerçants, tous européens parce que « les Africains ne comptent pas ».

Il s'agit donc d'un colonialisme à l'état sauvage, brutal, d'exploitation raciste, chauviniste, imbécile.

Naturellement, Céline parle comme si tout cela était définitif, devait durer toujours. Et il n'en est rien : le colonialisme de consommation à l'américaine a donné tort à Céline ; à la place du « trou infect » de Fort-Gono et grâce à l'exploitation des multinationales, Libreville a vu le jour, c'est sans doute l'une des capitales les plus prospères de l'Afrique nouvelle.

Mais Céline a-t-il vraiment eu tort ? Son Afrique, avec les Européens cantonnés sur la côte et l'intérieur entièrement inconnu, quoique exploité, n'est-ce pas au fond un schéma utile pour comprendre une certaine Afrique d'aujourd'hui ? Pour comprendre pourquoi il y a un fossé aussi énorme entre Libreville et la forêt qui se trouve derrière ? Céline n'avait pas prévu la richesse ; mais il avait vu juste sur le caractère véritable du rapport entre Européens et Africains.

Dix-neuf heures. Je retrouve pour la troisième fois au bar mon interlocuteur français et je lui communique mes réflexions sur Céline. Il dit en souriant : « Céline ? Surtout "de la bonne littérature". »

XIV

SUR LES TRACES DU DOCTEUR SCHWEITZER

Lambaréné. Huit heures. Je prends mon petit déjeuner sur la véranda face à l'océan, mais je ne regarde pas le paysage marin, pourtant si inépuisable, mais un livre que j'ai posé contre le verre d'orangeade et que je veux terminer avant de partir pour Lambaréné : *Propos sur ma vie et sur mes pensées* d'Albert Schweitzer.

Le Dr Schweitzer, le pasteur protestant musicologue, théologien, historien du christianisme, prédicateur, organiste et expert en orgues qui, à trente ans, décide de devenir médecin pour aller soigner les maladies des Africains au Gabon, qui étudie pendant huit ans la médecine et puis se rend vraiment au Gabon, et crée le célèbre hôpital de Lambaréné, en le construisant de ces mêmes mains dont il se servait pour écrire des essais sur Jésus et sur Bach et jouer de l'orgue, en se faisant non plus seulement médecin et chirurgien, mais charpentier, bûcheron, maçon et menuisier, et tout ça pour imiter le Christ !

Le Dr Schweitzer, dont la philosophie condensée dans la maxime : « Le bien est de sauver la vie, le mal est de la détruire », est plus proche des religions de l'Inde que du christianisme, car non seulement il sauvait la vie des Africains lépreux, tuberculeux, ulcéreux et ainsi de suite, mais aussi des animaux blessés, malades, orphelins, incapables de survivre par eux-mêmes ; ainsi que des plantes qui sont elles aussi vivantes et doivent être protégées et aidées ! Le Dr Schweitzer : est-il possible de former une hypothèse disons historique sur cet homme extraordinaire, mais en même temps si fortement daté ? Je lis dans son livre, après qu'il a cité avec admiration les mots de Goethe, dans *Faust* : « Au commencement était l'action », les réflexions suivantes sur sa « conversion » à la médecine missionnaire : « Je voulais devenir médecin pour travailler sans parler. Pendant des années, je m'étais répandu en paroles. J'avais tenu avec joie mon rôle de professeur de théologie et de prédicateur. Maintenant ma nouvelle activité consisterait à ne pas parler de l'amour chrétien, mais à le pratiquer. »

Mots révélateurs. S'inspirant précisément de la maxime de Goethe : « Au commencement était l'action », Schweitzer, lassé de parler, avait choisi d'agir. Mais n'avait-ce pas été aussi le choix de Tolstoï, lassé d'écrire des romans, de Rimbaud, lassé d'écrire des poèmes, et de tant d'autres intellectuels lassés du blablabla des mots prononcés et écrits, autour de ces étranges années à cheval sur les deux siècles ? N'arrive-t-on pas ainsi jusqu'à D'Annunzio, lassé de jouer les bardes nationaux, au colonel Lawrence, lassé d'étudier l'archéologie ? Et le Dr Schweitzer, imitateur du Christ, n'était-il pas le fils d'un pasteur, comme l'antéchrist Nietzsche ?

Huit heures trente. Nous roulons en direction de Lambaréné, lieu où se trouve le célèbre hôpital de Schweitzer. La route est goudronnée sur quatre-vingts kilomètres, puis elle se transforme en piste. La forêt, des deux côtés de la route, est très épaisse, mais visiblement modifiée par le défrichage. Les arbres les plus grands et les plus recherchés, l'okoumé, l'ozigo, l'ébène, l'aiolè, l'ioma, l'apo, le niovè, le bilinga, le duka (quels beaux noms !) ont été abattus depuis longtemps et envoyés en Europe ; ne subsistent que des arbres de peu de valeur, au tronc maigre, des arbustes, des plantes de sous-bois ; bref, il n'y a plus la forêt primaire, majestueuse et mystérieuse, mais la brousse de plus en plus épaisse, mais peu mystérieuse, notamment parce que çà et là cultivée, comme le révèlent de temps à autre les feuilles voletantes des bananiers, les boules sombres des manguiers, les arbrisseaux lourds de fruits oblongs des papayers. Et où sont les paysans ? Mystère. Nous tombons très rarement sur de minuscules hameaux de deux ou trois cabanes traditionnelles, aux murs de boue et au toit de feuilles de palmier. Peut-être habitent-ils la forêt comme les gorilles et les éléphants ?

Onze heures. Voici Lambaréné, très semblable à la description peu encourageante qu'en donne Balandier dans son livre *Afrique ambiguë* : « Le site de Lambaréné reste l'un des plus accablants que j'aie fréquentés. Ciel plombé, fleuve aux rives sans couleur, demeures africaines disséminées dans un espace trop vaste et maintenant dépouillées de leur cachet original. Tout conspire à inquiéter autant qu'à décevoir. On pressent vite que les civilisations, les peuples se sont ici corrodés et usés en moins d'un siècle, au contact de nos impératifs économiques, administratifs et religieux... »

Nous débouchons dans une brousse dépouillée et galeuse, parcourue çà et là de sentiers et de chemins le long desquels sont alignées des cabanes de type urbain, aux murs de pierre et au toit de tôle ondulée. Nous montons au sommet de la colline, sur laquelle Schweitzer a construit l'hôpital, en son temps appelée par les indigènes Adolinanongo (« celle qui regarde au-delà de la tribu »), et nous contemplons pendant un moment le paysage. Il est très beau, mais aussi mélancolique, il me rappelle le titre de l'illustre livre de Lévi-Strauss : *Tristes Tropiques.* L'Ogooué, le plus grand fleuve du Gabon, là-bas, au pied des collines, a l'apparence habituelle de marais immobile et rêveur des grands fleuves africains. Quelques pirogues le sillonnent, mais elles semblent elles aussi immobiles comme par enchantement. La forêt obscure et gonflée s'avance sur les rives, en formant des promontoires, des golfes, des baies, des isthmes qui donnent à tout le paysage un aspect lacustre, pareil à certains arrière-plans de notre peinture de la Renaissance. Mais la lumière n'est pas vivante et pure comme en Italie : elle est plutôt blême, trouble, comme aveugle.

Treize heures. Nous visitons un des nombreux pavillons de l'hôpital, disséminés entre les arbres, sur la colline. C'est un bâtiment étroit et long, à un seul étage, à l'intérieur duquel un couloir tout droit sépare deux enfilades de box sans porte, pareils à ceux que l'on voit dans certains établissements modernes d'élevage. Dans chacun de ces box, il y a deux lits. Le groupe des médecins que nous suivons dans leur visite journalière s'arrête dans chaque box, lit la fiche clinique, examine les malades. Ces derniers sont allongés, tout habillés, sur les lits, femmes, hommes et enfants, tranquilles, visiblement confiants, parfois même souriants. Je fais remarquer que la peau noire fait paraître les Africains moins malades que les Européens, dont la peau blanche révèle clairement les signes de la maladie ; je demande à un médecin combien ils en soignent par an ; il me répond que les patients qui viennent se faire ausculter à l'hôpital sont au nombre de vingt-quatre mille.

Et quelles sont les maladies les plus fréquentes ? Il énumère : la pneumonie, le paludisme, la lèpre, la maladie du sommeil, la dysenterie, les maladies cardiaques, le pian, etc. Il ajoute qu'en chirurgie les cas les plus fréquents sont la hernie et les tumeurs d'éléphantiasis.

Nous nous arrêtons maintenant devant un box dans lequel une femme est assise, immobile, avec dans ses bras un bébé à l'air languissant. Son visage est pommadé de blanc, sans doute pour guérir sa maladie par des moyens magiques ; mais pour le bébé, lui aussi malade, elle a préféré l'hôpital. Ensuite, voici un bébé tout seul avec des pupilles énormes d'anthracite brillant tournées vers nous, dans une expression de stupeur concentrée ; et puis, dans le box voisin, sur le même lit, deux petits pygmoïdes, homme et femme, peut-être mariés, très très vieux, souriants sous leurs rides.

Quatorze heures. Après le déjeuner au réfectoire de l'hôpital (grande salle, triste et nue comme dans un couvent, nourriture simple, familiale ou collégiale, atmosphère de mission plutôt que d'hôpital), nous visitons la maison de Schweitzer, aujourd'hui un musée. C'est un bungalow de bois, construit sur la pente de la colline, avec un balcon le long duquel sont alignées les pièces avec des fenêtres qui donnent sur le fleuve. J'ai dit « pièces », il serait plus juste de les appeler « cellules », tant elles sont minuscules et pauvrement meublées. Voici la chambre de Schweitzer, avec son lit protégé par une moustiquaire, son petit bureau et son porte-plume, son encrier, ses papiers. Voici le salon, avec le piano sur lequel il jouait du Bach pendant des heures et la bibliothèque dans laquelle sont placés en désordre des livres de médecine, de théologie et de musique ainsi que quelques textes littéraires datés. Voici une pièce dans laquelle on voit, sur des étagères, des bocaux contenant de petits animaux et des spécimens dans du formol, des minéraux, des fossiles. Enfin la pièce où l'on peut acheter les livres de ou sur Schweitzer. Tout est pauvre, monacal, artisanal, austère. Mais tout exhale une aspiration visible à créer, justement, par l'action, un certain modèle de vie.

Ensuite, nous allons visiter les tombes de Schweitzer, de sa femme et de quelques-uns de ses collaborateurs. Elles sont dans un pré, le long d'un sentier, non loin d'une grande cage où sont enfermées quelques antilopes dont Schweitzer s'occupait personnellement. Les pierres tombales portent seulement le nom et la date de la mort, il n'y a pas de fleurs, une telle simplicité est liée à la vision particulière du monde du fondateur de l'hôpital.

Quinze heures. Nous visitons enfin le pavillon des cabinets de radiographie. Ils se trouvent dans un décor impeccable et moderne, comme à New York ou à Paris ; les équipements technologiques, très sophistiqués, n'ont rien à envier à ceux d'Europe ou d'Amérique. Réflexion inévitable : à Libreville non plus les hôtels n'ont rien à envier aux hôtels de la Côte d'Azur. C'est-à-dire que la logique du néo-colonialisme, qui tend à créer des îlots de surdéveloppement au cœur même du sous-développement, implique en partie aussi la grande entreprise missionnaire de Lambaréné.

Vingt heures. Après nous être promenés tout l'après-midi dans le complexe hospitalier d'Adolinanongo, nous allons dîner dans un restaurant, disons caractéristique, c'est-à-dire africain. Nous roulons dans le noir à travers cette étrange ville pleine d'arbres et de ruelles, vers le quartier qui s'étend sur la rive de l'Ogooué. Le terre-plein devant le restaurant est pratiquement plongé dans l'obscurité ; nous descendons de la voiture sans faire attention à l'endroit où nous mettons les pieds. Nous devons le regretter aussitôt : quand nous entrons dans le restaurant, nous nous apercevons que des fourmis grouillent sur tout notre corps, parce qu'en sautant à terre nous avons piétiné une traînée noire et mouvante qui barrait l'entrée de l'établissement : toute une fourmilière en marche ! Nous nous précipitons aux toilettes, nous nous déshabillons entièrement, nous nous délivrons péniblement des insectes agressifs : plus nous en tuons, plus nous en trouvons. Le chauffeur, qui sait tout sur les fourmis, nous explique alors que nous avons été attaqués par des fourmis guerrières, dont le devoir est justement de défendre la fourmilière. Ces guerrières mordent pour mourir aussitôt après : il n'y a pas à dire, voici un bel exemple d'identification de l'individu avec la fonction !

À la fin, nous nous mettons à table et nous demandons au garçon ce qu'il peut nous donner de bon à manger. Il répond rapidement, expéditivement : hérisson, python, phacochère. Une discussion s'engage sur l'opportunité ou non de nous nourrir de l'ophidien en question. Par curiosité, nous demandons comment il sera préparé. Le garçon s'étonne : naturellement avec du pili pili. Quelqu'un proteste contre ce poivron fort africain ; nous choisissons alors le hérisson et le phacochère. Mais quand ils arrivent, nous découvrons que ces deux viandes ont été elles aussi préparées avec du pili pili. Soupçonneux, nous mettons en doute que le hérisson, indistinct à présent, à cause du pili pili, du phacochère, soit vraiment du hérisson. Vexé, le garçon va à la cuisine, il nous rapporte un long piquant, à moitié blanc et à moitié marron : le hérisson est vraiment du hérisson. Comment est la chair du hérisson ? Très sombre comme celle du lièvre, avec un fort goût amer, étrange, mais agréable.

À la fin, on parle de serpents, naturellement. Le chauffeur raconte quelques anecdotes probablement apocryphes. En voici une : un bûcheron, ivre, s'endort à l'ombre d'un manguier. Soudain il se réveille avec une étrange sensation et il découvre alors qu'un python a avalé une de ses jambes en s'arrêtant forcément à la fourche de l'aine. Le serpent reste là, la gueule ouverte sur la cuisse du bûcheron, et le fixe ; le bûcheron se met à hurler ; du monde arrive ; on tue le serpent. Mais la jambe que le serpent avait commencé à digérer restera à jamais moite.

Nous reparlons ensuite de Schweitzer et quelqu'un raconte l'histoire suivante qui éclaire très bien la manière de raisonner des Africains. Un homme mortellement blessé est conduit à l'hôpital et sauvé par Schweitzer. Une fois guéri, l'homme poursuit son agresseur en réclamant un dédommagement pour sa mort. C'est vrai, lui-même est vivant, mais il doit sa vie à Schweitzer ; son assassin lui doit, en revanche, un dédommagement pour sa mort, que le blessé considère comme effective. La logique est acceptée sans réserve ; on lui demande quel doit être le dédommagement. Il répond que ce ne peut être moins qu'une femme. La femme est achetée et remise entre ses mains. Ainsi le dédommagement pour la mort a-t-il été payé d'un être vivant.

XV

ET L'HOMME TUE LA FORÊT

Libreville, sept heures. De la véranda, à l'heure du petit déjeuner, l'océan paraît pâle et enflé comme le dos rebondi d'un énorme reptile, aux écailles éclairées par une lumière vitreuse, sous une nuée noire et oblique, pareille à un rideau irrégulièrement relevé. Mais il n'a rien d'effrayant. Il ne pleuvra ni aujourd'hui ni dans les prochains jours, il ne pleuvra pas jusqu'à la saison des pluies. Il n'empêche que l'on remarque dans la touffeur et l'obscurité la menace d'un orage. Je contemple l'océan et les gigantesques troncs qui envahissent l'étroite plage. On aperçoit, même de loin, les plaques encastrées dans l'écorce, portant chacune leur chiffre distinctif et la date à laquelle, en trains de bois improvisés, le tronc a été confié à l'Ogooué. À un certain moment, les radeaux se sont défaits et les arbres se sont perdus en mer.

Voici l'écologiste français avec lequel j'ai sympathisé ces derniers jours. Il me salue poliment et me demande la permission de s'asseoir à ma table.

Comme je l'informe que je suis sur le point de partir pour Lastoursville, à cinq cents kilomètres « à l'intérieur » du Gabon, afin de visiter les chantiers de la voie ferrée transgabonaise, il m'agresse aussitôt : « Vous verrez la forêt ! La grande forêt primordiale, qui occupe vingt-deux millions d'hectares de ce pays de pétroliers, d'exportateurs d'uranium, de cuivre et de manganèse, de producteurs de bois rares ! La forêt, cathédrale de verdure dont les voûtes hardies ne laissent filtrer que d'exceptionnels rayons de soleil, au point que les Pygmées qui y vivent sont plus clairs de peau que les Bantous qui en sont éloignés ! La forêt primaire, encore plus ancienne que l'homme, qu'il s'agisse de l'*homo habilis* ou de l'*homo faber*, plus ancienne que les mammifères ; contemporaine des grands reptiles, des dinosaures ! La forêt qui tantôt est plongée dans le silence le plus profond et tantôt est assourdissante de sifflements, de cris, de hurlements. La forêt qui abrite soixante-quinze pour cent de la totalité des insectes tropicaux, coléoptères, papillons, fourmis, cigales, phalènes et ainsi de suite ; qui peut s'enorgueillir de posséder trois mille espèces d'arbres, alors qu'en Europe il n'y en a que quelques dizaines ; qui héberge les singes, du gorille au colobe, les serpents, du python à la vipère du Gabon, les éléphants, les crocodiles, les hippopotames. La forêt... »

Le souffle vient à manquer à l'écologiste qui vibre d'indignation dans cette kyrielle de données apparemment objectives. Je profite de son silence momentané pour dire : « Merci de ces renseignements. J'en tiendrai compte dans mon article. » Or, après s'être ressaisi, il réplique aussitôt : « Non, pas de renseignements positifs, comme on dit. On les trouve imprimés dans n'importe quel manuel de zoologie et de botanique. Non, vous, qui n'êtes pas seulement un journaliste, mais aussi un artiste, et qui ne pouvez manquer d'avoir une âme sensible, vous devez fournir les nouvelles négatives, pour ainsi dire, et ne vous en tenir qu'à elles. – Et quelles devraient être ces nouvelles négatives ? – Quelles sont-elles, pas de conditionnel. Quelles sont-elles ! Qu'il y a un demi-siècle il restait, dans le monde, seize millions de kilomètres carrés de forêt et qu'aujourd'hui il n'en demeure que cinq millions ! Que les forêts disparaissent au rythme de trente hectares "par minute", je dis bien "par minute !" Que durant les dix dernières années, la Thaïlande a bradé un quart de ses forêts ! Qu'en Amérique centrale les fabricants de hamburgers américains ont abattu des milliers de kilomètres carrés de forêt pour créer des pâturages bon marché pour leur bétail d'abattoir ! Que la forêt produit de l'humidité et des pluies bénéfiques jusqu'à des milliers de kilomètres de sorte que si vous rasez une forêt au Gabon, le désert, toujours aux aguets, à deux mille kilomètres au nord, avance au rythme de quarante-cinq kilomètres par an sur un front de trois mille quatre cents kilomètres ! Ecrivez cela, rien que cela : on est en train de commettre un meurtre et vous autres journalistes, vous magnifiez la Transgabonaise et d'autres méfaits semblables ! »

Neuf heures. Nous survolons le Gabon. Le pilote, un jeune homme dont la barbe noire et l'expression de douceur me rappellent le visage d'un missionnaire, a reçu, au moment du départ, la recommandation de perdre de l'altitude pour nous permettre de photographier de près la forêt et il emploie désormais tous ses efforts à nous satisfaire. L'avion, un Piper à six places, une véritable mouche perdue entre la forêt et le ciel, s'élève, se cabre, s'incline ensuite progressivement dans un virage vertigineux ; la forêt se rapproche de face, nous barre le chemin comme une muraille, nous allons la heurter de plein fouet ; mais non, l'avion se redresse, effleure les arbres qui hérissent la pente de la colline comme la crête d'un coq, débouche d'un autre côté, descend à pic dans l'abîme de verdure.

J'ai l'estomac retourné, mais sans doute me suis-je fait une idée plutôt exacte de ce qui constitue l'intérieur du pays. C'est un bouillonnement, un fourmillement de cimes d'arbres denses et serrés les uns contre les autres comme autant d'allumettes dans leur boîte. La forêt, semblable à une étoile de fourrure épaisse et gonflée, revêt la terre en arrondissant ses reliefs, en remplissant ses trous. De temps à autre, une rivière, un lac, un marais ou un étang, d'une blancheur métallique dans cette verdure presque noire, apparaît, serpente un instant, disparaît, pour réapparaître plus loin.

L'avion, à présent, descend jusqu'au point d'effleurer presque un fleuve qui se partage en deux ramifications de part et d'autre d'un triangle de forêt noire et frisée. Je ne puis m'empêcher, face à ce paysage anthropomorphique qui évoque le pubis et les deux jambes de je ne sais quelle immense créature, d'éprouver, à l'idée que mon compagnon prend des photos, comme un sentiment de curiosité indiscrète, de voyeurisme indécent. Oui, la forêt est une femme gigantesque étendue sur le dos, à même la terre, et la mouche qu'est notre avion vrombit sur elle, l'épiant, fichant son regard là où elle ne devrait pas.

Onze heures. Étrangement, de temps en temps, la forêt s'interrompt, entoure de larges espaces herbeux qui semblent être le produit d'un artifice humain. Et pourtant, je sais pertinemment que ces séduisants prés sans arbres, au milieu de la forêt la plus dense de l'Afrique, sont eux aussi absolument inaccessibles : y atterrir serait se précipiter vers une mort certaine. Mais la nature, en Afrique, est une merveilleuse jardinière. Je me rappelle, sur le plateau qui domine le lac Victoria, que j'ai traversé une zone qui ressemblait à un jardin à l'anglaise : çà et là, un énorme buisson parfaitement rond et toujours constitué du même arbuste fleuri alternait régulièrement avec un acacia, et le tout durant des kilomètres et des kilomètres de prairies d'émeraude, à l'herbe rase et dense, comme artificiellement nivelée.

Douze heures. L'avion amorce un virage acrobatique au-dessus d'une colline hérissée d'arbres en fuite, atterrit, avec des tressautements et des sautillements d'oiseau ivre, dans une clairière quelconque, qui n'est pas plus grande qu'un terrain de football. Sol nu, rouge sang, forêt sombre et hostile alentour, ciel couvert, menaçant : c'est le paysage habituel de l'Afrique, là où le massacre de la nature est encore récent et où la blessure ne s'est pas encore cicatrisée.

Nous montons dans une jeep et nous roulons à vive allure, de cahot en cahot, vers le « campement » de l'entreprise chargée de construire la Transgabonaise qui reliera Libreville aux mines d'uranium et de manganèse de l'intérieur du Gabon.

Douze heures trente. Voici le « campement » où vivent, avec leurs familles, mille des trois mille ouvriers, terrassiers, mécaniciens, bûcherons, conducteurs de tracteurs et techniciens de toutes sortes qui ont été engagés pour réaliser la Transgabonaise. Ici aussi, comme dans le petit aéroport, l'immense clairière où sont alignées en rangées régulières les baraques préfabriquées du « campement » donne l'impression d'une dévastation récente et provisoire : terrain nu, vallonné, pelé et, tout autour, l'habituelle forêt sombre et, dirait-on, impatiente de reprendre possession du lieu, quand, la voie ferrée achevée, les baraques seront démontées et expédiées vers d'autres dévastations à mettre en œuvre au nom du progrès.

Le progrès ! Je mesure, en regardant le « campement », le gouffre qui nous sépare du XIXe siècle de Jules Verne et du ballet *Excelsior*[1]. La Transgabonaise aurait été alors saluée comme une victoire de la science, du travail humain, de la civilisation sur la

1. Le ballet *Excelsior* de Luigi Manzotti, sur une musique de Romualdo Marenco, a été créé à Milan en 1881. Il exaltait les valeurs de l'ère industrielle et du progrès. L'auteur, comme il le raconte dans *Le Petit Alberto*, l'a vu dans son enfance à plusieurs reprises. *(N.d.T.)*

nature hostile, marâtre, ténébreuse ; aujourd'hui, alors que nous devons admettre que c'est certainement une remarquable œuvre de technologie ferroviaire, le sentiment qu'elle nous inspire est très différent de celui qui, il y a un siècle, aurait enthousiasmé les innombrables Homais que Flaubert tourne en dérision. Nous ne sommes plus si sûrs que cela que la nature soit une marâtre ; que la destruction des forêts soit une victoire de la civilisation ; que les chemins de fer et les routes soient plus importants que les arbres qui sont abattus pour qu'ils soient tracés.

Quatorze heures. Nous montons dans une jeep conduite par un cadre français et nous partons pour une promenade d'une centaine de kilomètres qui nous amènera jusqu'à l'endroit où ont abouti les travaux de la voie ferrée. Nous roulons sur le cailloutis flambant neuf, tout rouge entre deux murailles ininterrompues d'arbres, qui servira demain de piste de service pour le chemin de fer. La chaussée file, tourne, serpente, monte, descend ; des deux côtés, les arbres sont immobiles, les uns contre les autres, très hauts, serrés, semblables à une foule compacte qui recule, muette et atterrée, face à quelque spectacle sanglant.

Le spectacle est constitué par l'entassement d'innombrables troncs gigantesques qui encombrent les accotements, de part et d'autre. Ce sont les troncs des arbres récemment abattus, ils ont beaucoup de branches chargées de feuilles qui ne sont pas encore flétries ; souvent, les racines se dressent de façon obscène en l'air, encore embourbées de masses de terre noire et humide que les pluies n'ont pas eu le temps de dissoudre en boue. L'énormité de ces troncs me pousse à demander au cadre si un bois aussi précieux sera du moins utilisé. Il répond avec indifférence : « Nous les abattons pour tracer la voie ferrée ; l'exploitation ne nous intéresse pas. Et puis, nous ne sommes pas équipés pour le transport. »

Treize heures. Nous continuons à rouler sur cette route magnifique qui, pareille à un boa, étend ses boucles à travers la forêt. La végétation l'observe, dirait-on, avec stupeur, comme si elle ne parvenait pas encore à croire en sa propre mort. Je demande au cadre combien de temps un de ces arbres gigantesques qui gisent le long de la route met pour pousser ; il me répond : « Cent cinquante ans. »

« Et combien de temps ces arbres peuvent-ils vivre avant de s'écrouler de vieillesse ? » Il fait de la main un geste qui indique une durée très longue. « Des siècles et des siècles. » Tout à coup, je me rappelle que l'écologiste, parmi ses nombreuses illustrations coléreuses du prodige de la forêt primordiale, m'a fourni cette définition : « La forêt est un magasin génétique. » Je le dis au cadre qui approuve ; et je découvre alors que lui aussi, mais à sa manière, a une conscience écologique.

Il dit : « Vous croiriez que cette forêt si luxuriante a des racines très profondes, comme chez nous, en Europe. Il n'en est rien. La forêt tropicale pousse sur un humus très mince, composé de matière organique en putréfaction. Une fois la forêt disparue, les pluies emportent facilement ce sol superficiel et resurgit, tôt ou tard, le désert. En réalité, la forêt est un désert couvert d'arbres. »

Je dis, un peu par plaisanterie : « Mais vous, ce désert, vous contribuez à le créer, si je ne m'abuse. »

Il réplique, avec vivacité et esprit d'à-propos : « Vous savez parfaitement que le mal, c'est toujours les autres qui le font ; nous, nous nous contentons de faire le bien. Les autres créent le désert ; nous, nous construisons le chemin de fer. – Mais est-ce que ce n'est pas schizophrénique, tout cela ? – C'est possible. »

Je change alors de sujet et je lui demande comment est le « campement ». Il répond que ça ne se passe pas trop mal. Beaucoup d'ouvriers ont amené leur famille avec eux, il y a un terrain de sport, une salle de réunion, la télévision, un cinéma, chacun cuisine selon les recettes de son pays, il y a régulièrement des congés pour se rendre à Libreville et même plus loin. Ce sont des propos qu'il est utile de rapporter pour souligner la différence qui sépare le vieux colonialisme militaire et négrier et le néo-colonialisme économique et technologique. La voie ferrée qui va de Brazzaville, au Congo qui est voisin, à une autre ville seulement distante de deux cents kilomètres, on prétend qu'à l'époque du colonialisme, elle avait coûté un cadavre par traverse.

Quatorze heures. Nous voici à la fin de la route transgabonaise, mais non pas de la voie ferrée qui doit encore continuer sur des centaines de kilomètres. Nous montons péniblement jusqu'au sommet d'une colline que le cailloutis tracé de façon élémentaire, avec ses fondrières boueuses, ses cahots pierreux et des fossés inondés, paraît n'avoir dépassée que depuis peu. Ici les troncs abattus n'ont pas encore été empilés sur les accotements ; ils gisent çà et là comme les cadavres d'une bataille qui vient d'être menée jusqu'à ce que mort s'ensuive.

Puis, la jeep parvient sur le faîte de la colline et, à nos pieds, apparaît le spectacle du défrichage. Un éboulement tombe à pic jusqu'au fond de la vallée encore obstruée par la forêt ; sur la côte rouge, sens dessus dessous, de nombreux bulldozers jaune canari montent et descendent comme d'énormes scarabées affolés. Avec leur terrible pelle à la lame aiguisée comme un rasoir, ils attaquent et soulèvent toute une tranche de colline et vont, lents et sûrs, sur leurs chenilles, la jeter de part et d'autre de la route. Ou bien, ils donnent l'assaut à un arbre gigantesque, en enfonçant la pelle sous ses racines, avec le va-et-vient obstiné et implacable des chariots à chenilles.

Soudain, quelque chose qui ressemble à un tumulte se produit bien plus haut, à cinquante mètres au moins, dans la partie supérieure de la forêt : c'est l'arbre qui avec son feuillage écroulé dit adieu à ses compagnons séculaires. L'arbre se penche hors de la forêt, hésite, s'effondre avec fracas, pendant que les bulldozers jaunes s'enfuient dans toutes les directions. Le cadre m'informe qu'il y a cent cinquante bulldozers à l'œuvre. Et il commente : « C'est un peu comme pour les ordinateurs dans les bureaux, aujourd'hui. Un ordinateur fait le travail de cinquante secrétaires. Un bulldozer fait le travail de cinquante bûcherons. »

Quinze heures. Nous déjeunons dans la salle de réunion des cadres. Le cuisinier, un Philippin, s'est surpassé en talent et en raffinement : c'est un menu digne de *Maxim's.* Naturellement, nous parlons de forêts.

XVI

L'HÔTEL D'OR DANS LA BANLIEUE DE HARARE

Harare. 24 décembre. Sept heures. J'entrouvre la tente et je regarde. Quinze étages au-dessous de moi, de nombreux globes encore allumés sont disséminés dans le parking désert : l'hôtel est ouvert depuis deux mois seulement et il est encore vide. Le ciel, au-dessus de ces espaces désolés émaillés de grandes flaques noires d'eau de pluie, est nuageux et immobile jusqu'à l'horizon le plus lointain où se profile le fouillis bizarre et mélancolique de la brousse, avec en arrière-plan une traînée de lumière sulfureuse. Je suis en Afrique, là-dessus il ne peut y avoir de doutes, et de surcroît c'est la saison des grandes pluies.

Un léger bruit dans mon dos me fait tressaillir. Je me retourne et là-bas, dans l'ombre, devant la porte, je vois quelque chose de clair qui bouge et avance en traînant sur le sol. Un journal : probablement un quotidien aimablement offert par la direction de l'hôtel. Je me rappelle que Hegel disait que la lecture des journaux nous met en rapport avec l'esprit du monde. Laissant de côté Hegel, qui a vécu à une époque moins chargée de désillusions que la nôtre, il est permis d'espérer que la lecture du journal de Harare me mettra en rapport avec l'esprit de la république du Zimbabwe, où je me trouve actuellement. Je vais donc prendre le journal, je m'assois dans un fauteuil, je le déplie.

La première page est consacrée à Noël : elle contient le message de Noël du président de la République Cde (pour « camarade ») Banana. Ainsi qu'une grande photo en couleurs qui, en quelque sorte, commente et confirme le message. La photo a été prise dans un grand magasin de Harare ; on y voit cinq enfants dont trois noirs : Ruvimbo, Rutendo et Rufaré, et deux blancs : David et Tracey, tous les cinq endimanchés dans des vêtements qu'on vient de leur acheter dans le magasin et tous les cinq fraternisant non seulement dans la consommation multiraciale, mais aussi, étant donné le sens symbolique de la photographie, dans le pluriculturalisme politique. Comme nous l'avons dit, la photo, avec une polémique antiraciste sous-entendue, commente le discours de Noël du président Banana. Lequel déclare : « Nous devons à nous-mêmes et aux générations précédentes, ainsi qu'à la postérité, de faire du Zimbabwe un joyau d'harmonie tribale, de loyauté, d'engagement pour la vie nationale qui transcende les barrières artificielles des races, des tribus, des régions et des religions. Le moyen le plus efficace d'affronter les ennemis de l'intérieur et de l'extérieur est de leur montrer comment des peuples d'origines raciales, tribales et culturelles différentes peuvent vivre ensemble dans la paix.

« De nombreuses nations regardent le Zimbabwe comme le pays qui peut inventer la "formule magique" pour résoudre les problèmes des conflits humains et du sous-développement. Ce n'est pas, en effet, un hasard si le Zimbabwe a été récemment choisi comme lieu de rencontre pour le prochain congrès des Pays non alignés. Ce choix est pour nous un très grand honneur ainsi qu'un hommage spécial à notre Premier ministre Mugabe. »

Le message du président Banana, mine de rien, révèle vraiment l'esprit du Zimbabwe, c'est-à-dire que, malgré l'inévitable emphase propre au pouvoir, il touche tous les points essentiels dont il faut tenir compte pour comprendre ce pays. Il est vrai que le Zimbabwe est composé de peuples d'origines raciales, tribales et culturelles différentes : en effet, beaucoup de noirs (six millions) et peu de blancs (deux cent cinquante mille) cohabitent. Il est vrai que la langue et la culture anglaises, du moins pour l'instant, sont la langue et la culture officielles. Il est également vrai que beaucoup de nations africaines regardent le Zimbabwe comme un modèle en ce qui concerne les deux problèmes de l'indépendance et de la cohabitation des noirs et des blancs. Il est enfin vrai que le choix de Harare comme lieu de rencontre des Pays non alignés signifie que le Zimbabwe est le plus non aligné de tous les pays.

Je continue à réfléchir sur le message de Noël. Je m'aperçois soudain que l'aventure nationale du Zimbabwe pourrait se définir, par sa clarté et son caractère exemplaire, comme un cas historique en matière de décolonisation et de libération d'un pays du tiers-monde.

Évidemment, à l'origine de tout, il y a eu la prise de conscience et la révolte consécutive contre le colonialisme. Mais peut-être cela n'aurait-il pas été suffisant pour obtenir l'indépendance en un laps de temps relativement bref s'il n'y avait pas eu d'autres facteurs déterminants, certains nationaux et d'autres internationaux, certains prévisibles et d'autres imprévisibles.

Parmi les facteurs imprévisibles, il faut mettre en avant tout l'écroulement de l'empire colonial portugais décrépit, qui a enlevé à l'Afrique du Sud raciste un allié indispensable pour sa prédominance dans cette partie de l'Afrique. Et puis, le fait que le gouvernement conservateur de Thatcher, s'appuyant sur la logique du libéralisme impérial, se soit rangé finalement contre le conservatisme provincial de la Rhodésie des *settlers* et de leur dictateur Ian Smith, était également assez imprévisible. En tout cas, Mugabe et les autres leaders du nationalisme noir, qui ne comptaient pas du tout sur la « dame de fer » – bien au contraire ! –, ne l'avaient pas prévu. Mais il est également vrai que la politique capricieuse de Mme Thatcher a souvent misé sur le facteur surprise autant en Afrique qu'en Occident.

En revanche, on pouvait prévoir le bras de fer entre l'Afrique du Sud et ce qu'on appelle les États de la *Front-Line*, c'est-à-dire le Botswana, l'Angola, le Mozambique, la Tanzanie et leurs leaders Kaunda, Nyerere, Machel, Neto, alliés qui soutiennent la guérilla du Zimbabwe. On pouvait aussi prévoir, pour prendre le langage de la lutte politique en Italie, la fonction du facteur « K », c'est-à-dire la peur de l'influence soviétique qui d'un côté a certainement exacerbé le racisme à courte vue de Ian Smith, mais de l'autre a justifié la politique antiraciste du Commonwealth anglais. En d'autres termes, ici, comme dans le monde entier, ce qui a magnifiquement fonctionné, c'est la dialectique du contraste entre le capitalisme et le socialisme.

Carol Thompson, qui a publié une analyse lucide et rigoureuse de l'aventure de l'indépendance du Zimbabwe *(Challenge, To Imperialism – The Front-Line States in the Liberation of Zimbabwe)*, observe dans sa conclusion : « Une raison du succès des pays de la Front-Line dans l'affirmation du nationalisme du Zimbabwe tient à la modestie de leurs desseins. » Tout d'abord, la phrase ne peut que surprendre. L'indépendance, un dessein modeste ?

Mais ensuite, nous pensons un instant à l'Italie du Risorgimento : là aussi, le but était l'indépendance. Mais en Italie aussi, une fois l'Unité atteinte, on voit que bien des problèmes restaient à résoudre et avant tout ceux qu'avait créés l'Unité. Au Zimbabwe, ces problèmes à résoudre se résument dans le fait que le pays se proclame et se veut socialiste, mais fait économiquement partie de la zone du capitalisme occidental. L'existence de ce problème doit être reconnue partout, mais surtout dans la politique rigoureuse de non-alignement pratiquée par le gouvernement de Mugabe.

Huit heures. Je descends prendre mon petit déjeuner dans le restaurant de l'hôtel, qui s'avère tout de suite être un hôtel du style non aligné. Qu'est-ce que le style non aligné ? Ce n'est pas un style, c'est une situation existentielle résolue avec désinvolture : celle d'un hôtel de type capitaliste dans un pays marxiste-léniniste. Désormais, ces situations se multiplient dans de nombreux pays socialistes d'Asie et d'Afrique. Je me rappelle, par exemple, le luxueux hôtel, type « Méridien », construit par une entreprise française à Aden, pour le compte de la république populaire du Yémen du Sud. Le prétexte n'en est pas moins celui du tourisme qui apporte les indispensables devises étrangères.

L'hôtel où je suis descendu à Harare a été construit par une entreprise yougoslave, elle aussi non alignée. Il se dresse dans la banlieue de la ville, au milieu des parkings encore déserts dont j'ai déjà parlé. Je sors et je le regarde de l'extérieur. Il a la forme d'un énorme polype géométriquement stylisé, avec la tête toute droite contre le ciel et les tentacules dispersés alentour, sur la terre. L'édifice, déjà si bizarre, a une teinte inhabituelle : il est tout en or, d'un or opaque qui tire sur le vert. Cet aspect doré paraît symboliquement confirmé par un énorme « S » qui est l'initiale du nom de l'hôtel, mais, sur le moment, fait penser au sigle du dollar. La tête du polype, toute quadrillée de vitres, contient les chambres, des centaines de chambres ; dans les tentacules sont logés les salles de service, le hall, le restaurant, etc.

Tout en or, l'hôtel a un vague air symbolique, il semble évoquer quelque chose de moral (le veau d'or ? le diable tentateur ?). Mais tout ce qui brille n'est point d'or. Je vérifie l'or en le touchant et je découvre que les châssis des fenêtres sont froids au toucher, c'est-à-dire en métal doré ; alors que les parois sont chaudes, c'est-à-dire en une espèce de plastique doré.

Au rez-de-chaussée, l'hôtel avec ses grandes vitres semble entièrement transparent, vulnérable même ; mais c'est une illusion. En réalité, les vitres sont miroitantes ; quand je les regarde, je me vois moi-même, ainsi que le parking, la brousse, le ciel nuageux, mais pas l'intérieur de l'hôtel.

Le hall est entièrement revêtu de marbre rose, gris ou lilas. Dans le restaurant, tous les meubles sont en osier.

Les garçons ont des livrées vert bouteille, avec des revers vert herbe, des cravates vert moisissure et des pantalons noirs à pattes vert émeraude.

Je vais au buffet et par contagion de consommation je prends beaucoup plus de nourriture qu'il ne m'en faut. Je mets sur une assiette trois croissants, un pot de miel, trois noisettes de beurre. Sur une autre assiette, je place une tranche de jambon et une de fromage. Je remplis une coupe de fruits africains. Enfin, je commande du café, des œufs au bacon, un jus d'orange. Mais finalement, quand je m'en irai, une bonne partie de cette nourriture restera sur la table.

Entre-temps, les clients de l'hôtel sont entrés progressivement. Des familles blanches, patriarcales, avec grands-parents, parents, enfants, petits-enfants ; des familles noires, avec beaucoup de femmes et d'enfants ; des groupes d'Indiens, de Grecs, de

Portugais. L'allure générale est celle des *settlers*, c'est-à-dire des propriétaires de fermes émigrés d'Angleterre, attirés par le bas prix des terres confisquées aux noirs. La transplantation maintenant vieille de presque un siècle a produit quelques effets analogues à ceux de la plus ancienne émigration européenne aux États-Unis : une mentalité simplifiée, des habitudes frugales, la religion au service du colonialisme. Et même un aspect physique parfois sophistiqué et même dégénéré et dans certains cas exceptionnellement sain et robuste. Bref Poe et Stallone.

Dehors, pendant ce temps, il s'est mis à pleuvoir des trombes.

Quinze heures. Harare est une grande ville extrêmement moderne, actuelle même. Qu'est-ce que j'entends par là ? Que toute la ville, dans ses aspects d'urbanisme et d'architecture, nous parle de ses problèmes déjà résolus ou en voie de l'être. Avant tout autre, celui de la cohabitation entre blancs et noirs.

En bonne logique, par conséquent, Harare est une ville de style non aligné. C'est-à-dire la capitale d'un État socialiste, mais entièrement pensée et construite selon des modèles capitalistes.

Les villes du socialisme réel, soviétiques et d'Europe de l'Est, sont, hélas, toutes très régulières, elles paraissent tracées au crayon par un professeur de dessin d'école primaire, avec des immeubles tous identiques, alignés le long des avenues et autour de places tirées au cordeau. À Harare, en revanche, le démon de l'asymétrie traditionnellement lié aux intérêts individuels s'est déchaîné : à côté des immeubles énormes et bizarrement décoratifs des grands magasins se dressent de petites maisons étroites, une pièce par étage, ou des maisons basses, à un seul étage ; près des colosses postmodernes des banques mondiales, de minuscules habitations de style colonial, avec des colonnes et des frontons néo-classiques. Mais, curieusement, cette asymétrie qui morcelle et fait zigzaguer les profils des rues d'Harare finit par se recomposer dans un style homogène, celui que justement nous appelons par convention le style non aligné.

En dehors du centre, les quartiers riches, spacieux et lumineux, font penser à la *cité radieuse* imaginaire de la comédie *Tueur sans gage* de Ionesco : boulevards splendides auxquels l'Afrique, toujours généreuse, offre aimablement des arbres magnifiques ; de grandes et belles villas au fond de jardins touffus, entourés de haies massives et émaillés de fleurs.

Dans les quartiers populaires, les mini maisons toutes identiques et toutes nouvelles se serrent entre elles sous les boules protectrices et sombres des manguiers.

Sur toute la ville, un ciel d'apocalypse fait peser sa menace, noir d'orages superposés, hostile et obscur comme un front accablé de lugubres pensées.

XVII

CHRONIQUE DES GRANDES PLUIES AFRICAINES

Neuf heures. La pluie ! Les grandes pluies, au pluriel ! Les pluies de l'été africain qui transforment les routes goudronnées en lac et les pistes en bourbiers ! Les pluies qui pointent, toutes noires, par une belle journée, à l'horizon, avant-garde d'une armée d'envahisseurs, et ne cessent plus, ensuite, de tomber sur la terre imbibée durant des jours, des semaines et des mois ! De temps à autre, des gens en Europe me demandent quel est le véritable charme de l'Afrique. Je réponds que le charme tient au fait que la nature y est plus forte que l'homme alors qu'en Europe elle est plus faible depuis longtemps et que, comme cela se produit avec les puissants en tout genre, cette nature est imprévisible et qu'on s'attend de plus en plus à ce qu'elle « fasse quelque chose », de la sécheresse la plus incandescente aux grandes pluies torrentielles, justement. On se réveille le matin et on scrute le ciel et, en le voyant tout entier comme un chaos de nuées ténébreuses enchevêtrées, on se prépare non sans quelque appréhension au déchaînement imminent de ce qu'on appelle les « éléments ». Bref, les événements, en Europe, sont humains, trop humains ; en Afrique ils sont, aujourd'hui encore, le plus souvent naturels. On ne se demande pas distraitement : « Que va faire le gouvernement aujourd'hui ? », mais, avec inquiétude : « Quel sera le temps ? »

Je fais ces réflexions en regardant la voiture qui nous attend sous le balcon de l'hôtel. Là-bas, au-delà du parking, le ciel nuageux ressemble à un paysage à l'envers, avec des montagnes, des vallées, des hauteurs et des ravins, tous constitués de noires nuées menaçantes. Mon regard passe du ciel aux roues de la voiture : c'est une jaguar, voiture élégante, mais de ville ; si, comme c'est certain, bientôt le ciel se déverse tout entier, réussira-t-elle, si basse, à traverser les vallées inondées ? Et ne risque-t-on pas, comme ça m'est parfois arrivé, de noyer une partie du moteur et de voir l'auto s'immobiliser au milieu de l'eau ? Du reste la nature, quand éclatent les orages de la saison des pluies, ne se contente pas d'inonder les routes. Ce matin, le journal habituel qu'on m'a discrètement glissé sous la porte au petit jour m'a informé qu'en un seul mois il y a eu au Zimbabwe quatre-vingt-dix personnes foudroyées. C'est un chiffre qui donne à réfléchir. Quatre-vingt-dix personnes foudroyées par le vieux Jupiter ! Quatre-vingt-dix personnes tuées par le ciel ! Étrangement, cette nouvelle mortelle m'a procuré un sentiment de sécurité et de réconfort. En Europe, dans le monde prétendument postmoderne, nous avons arraché la foudre des mains de Jupiter, nous en avons fait la mort atomique qui, si elle doit se produire, se produira non pas pour quatre-vingt-dix malchanceux, mais pour l'humanité entière. Oui, la nature de Lucrèce et de Leopardi survit en Afrique et elle est préférable de très loin à celle d'Einstein. Même quand, autre nouvelle du journal, elle fait annuellement six cents victimes, parmi des personnes mordues par les serpents, happées par les lions ou piétinées par les éléphants. Que sont six cents morts en un an, face aux cent mille en une seule minute de Hiroshima ?

Assez. Nous montons dans la jaguar et nous partons dans la direction précise de la partie la plus noire et la plus menaçante du ciel. Le chauffeur auquel je demande s'il pleuvra répond affirmativement, avec un étrange enthousiasme : « Oh, oui, il pleuvra certainement. Beaucoup. Énormément. » Et, pour preuve, il indique du doigt les grosses gouttes qui maintenant viennent s'écraser sur la vitre du pare-brise, l'une après l'autre, isolément, comme tirées par un fusil.

Quelques minutes plus tard, alors que nous filons sur un boulevard qui nous conduit hors de la ville, les gouttes isolées se sont déjà transformées en un seul rideau d'eau gris, si épais qu'il semble immobile. Tout d'abord, la visibilité demeure, la pluie se limite à voiler, sans le cacher, le paysage ; mais ensuite, très vite, les arbres secoués par le vent deviennent des fantômes désespérés et les grands camions-remorques des entreprises de conserves de viande débouchent brusquement de la brumaille, devant nous, comme des bateaux silencieux d'un brouillard épais. Ce n'est plus la pluie qui mouille et inonde, c'est la substitution d'un paysage à l'autre, le premier encore reconnaissable avec ses couleurs et ses formes, le second spectral, méconnaissable.

Nous étions partis de l'hôtel dans l'intention de nous lancer jusqu'à un certain parc ou sanctuaire, on l'appellera comme on voudra, célèbre pour ses fauves en liberté ; mais le chauffeur nous avertit soudain qu'il est très probable qu'avec les pluies les animaux soient partis, émigrant dans des régions moins orageuses. On risque donc de tourner pendant des heures sous la pluie sans voir un chat. Pourquoi ne pas aller voir le jardin botanique créé par les Anglais à l'époque du colonialisme ? L'idée sous-entendue dans cette proposition est que les animaux fuient alors que les végétaux ne remuent pas, pluie ou non. Mais un jardin botanique présente-t-il un intérêt en Afrique alors que le continent est dès le départ un seul jardin botanique ? Un peu perplexes, nous acceptons.

Entre-temps, la pluie n'a pas le moins du monde diminué. Après une longue ligne droite en plaine, voici que la route se met à descendre et à monter, et après chaque descente, nous voyons là-bas, dans le point le plus bas, dans le cadre des arbres alourdis par la pluie, les vallées redoutées gorgées d'eau jaunâtre. La voiture ralentit et puis plonge, s'enfonçant jusqu'à mi-hauteur des roues. Une fois, deux fois, trois fois. À la fin nous poussons un soupir de soulagement : voici à nouveau la plaine. Il pleut toujours cependant, nous voyons même tout à coup dans la grisaille uniforme de la pluie vibrer pendant un long moment le tatouage aveuglant d'un éclair.

Mais le tonnerre qui suit l'éclair met beaucoup de temps à éclater, sec et terrible, signe que l'orage s'éloigne. C'est fini d'ailleurs. Tout à coup nous nous retrouvons dans une atmosphère sombre, mais sans pluie, dans une clairière presque sèche, sous le feuillage hostile d'un énorme manguier. L'entrée du jardin botanique est là, à deux pas, un sentier en montée qui se perd dans la verdure.

Nous descendons et nous nous avançons dans le sentier. Alors voilà qu'il se remet soudain à pleuvoir. Mais ce n'est plus la pluie de tout à l'heure, la pluie brutale de la saison des pluies en Afrique, c'est une bruine légère, impalpable, dont on perçoit plus le bruissement sur le feuillage des arbres qu'on n'en voit le miroitement et qu'on n'en sent l'humidité. C'est une pluie secrète et discrète, si rare que peut-être la plupart des gouttes se perdent dans les airs avant d'arriver à terre. Mais comme nous montons à travers le jardin et que nous découvrons à mesure les très nombreuses plantes qui y ont été rassemblées, une définition de cette pluie insolite s'impose : c'est une pluie anglaise. Oui, sur ces végétaux rares, concentrés dans le parc au colonialisme britannique, il ne pleut pas comme il pleut d'habitude en Afrique, mais comme – par une longue tradition qui est aussi littéraire – il est de notoriété publique qu'il pleut en Angleterre.

Oui, il pleut comme dans le Kent ou dans le Sussex, comme à Edimbourg ou à Londres. Et sous cette pluie qui murmure sans mouiller, nous allons de petit escalier en petit escalier, de sentier en sentier, de terre-plein en terre-plein, déchiffrant à mesure les habitants du parc, c'est-à-dire les plantes.

Pourquoi déchiffrant ? Parce que chaque buisson, chaque arbuste, chaque arbre est muni d'une plaque noire sur laquelle, en lettres blanches, est écrit le nom latin du végétal en question. C'est un triomphe de la culture humaniste, ce parc. Le latin des plaques nous rappelle que derrière le colonialisme post victorien se trouvait l'Angleterre, de l'époque Liberty ou, en italien, *floreale*, c'est le cas de le dire, avec ses expositions de plantes rares, ses serres, ses jardins, ses parcs. Ce que Baudelaire appelait « végétal irrégulier » a, depuis toujours, été l'objet d'un véritable culte de la part de la plus irrégulière des cultures européennes.

Nous montons donc sous cette bruine qui rappelle la d'annunzienne *Pluie dans la pinède*, jusqu'au sommet de la colline consacrée à la botanique. Le sous-bois est tapissé d'une mousse verte et moelleuse comme le velours d'où s'élèvent des cactus ronds et hérissés gros comme des têtes d'enfants, des buissons violets avec des fleurs vertes et des buissons verts à fleurs violettes, de petites plantes de rien du tout écrasées par une seule énorme fleur blanche et des troncs gros comme le bras avec au sommet une seule fleurette rouge, des arbustes trapus aux branches tendues en tout sens comme des mains crochues et des arbrisseaux hauts et maigres au feuillage en forme de boule.

Le sentier serpente, contourne de petits lacs envahis de fins papyrus, avec une eau noire émaillée de nymphéas blancs à la surface et de poissons rouges dans les profondeurs, traverse de minuscules prairies d'herbe émeraude, se perd dans des bosquets de bambous et des cascades de lichens. Mais je ne peux m'empêcher de remarquer qu'au milieu de tant de plantes rares manquent celles qui sont les plus communes et les plus symboliques : le baobab, emblème de l'Afrique, le manguier, protecteur des villages, l'acacia, compagnon inséparable dans la savane du lion et de ses proies. À moins que ces géants ne soient cachés Dieu sait où, réduits par manque d'espace à la taille de modestes plantes en pots. Ce qui ne manque pas, en revanche, c'est une espèce de gardienne du jardin, une énorme tortue, que nous découvrons soudain, à moitié cachée par les grandes feuilles d'une plante aquatique. Armure de lames cornées, elle se tient là, immobile, gauche et méditative, à se rafraîchir sous la bruine. Quel âge peut-elle bien avoir ? Le guide répond : « Deux siècles au moins. » Je me dis, presque involontairement, qu'elle était déjà là, aussi grande et gauche, dans les années qui ont précédé la Révolution française. Pourquoi, du reste, cette référence instinctive aux événements de 1789 ? Peut-être parce que la tortue est le symbole d'une longévité qui, à force d'indifférence, devient éternité ?

Dix-neuf heures. De retour du jardin botanique, nous escaladons une colline d'où l'on jouit d'une vue panoramique sur Harare. Ce n'est pas une colline quelconque, c'est une colline historique ; le

12 septembre 1890, ce qu'on appelait la « Pioneer Column », forte de deux cents jeunes gens aux activités diverses et de cinq cents policiers, envoyés par le conquérant homme d'affaires Cecil Rhodes, arriva sur cette colline et hissa l'Union Jack. Les chefs de la colonne proclamèrent que toute la vaste vallée verdoyante que l'on voyait de là-haut était, sans l'ombre d'un doute, la terre promise de la Bible ; et ils baptisèrent immédiatement la ville qui devait y surgir sous le nom si anglais de Salisbury. C'est ainsi que commença la conquête de ce qui devait s'appeler plus tard la Rhodésie, d'où naquirent plusieurs guerres entre Anglais et Africains, puis entre Anglais et Boers et, enfin, l'annexion de toute la partie méridionale de l'Afrique à l'Empire anglais.

Le sommet de la colline a été transformé en parc, avec de grands arbres feuillus qui ombragent deux ou trois objets monumentaux, à vrai dire, peu voyants, selon le style antirhétorique de l'*understatement* anglais. Il y a une espèce de colonne tronquée avec une murette sur laquelle sont encastrées d'innombrables petites plaques qui indiquent les distances entre Harare et différentes localités du Zimbabwe (mais il s'agit de localités où se sont déroulés des batailles, des massacres, des embuscades, etc., de la conquête et, en effet, outre le nom des lieux, on peut lire le nom des victimes) ; il y a un brasero pas très grand, mais où brûle sans interruption, dans l'humide vent d'Afrique, une flamme votive ; il y a enfin un panneau qui menace de peines sévères quiconque endommagera les objets monumentaux susdits. Ce n'est pas beaucoup, il faut le reconnaître, pour la conquête d'un territoire grand comme la moitié de l'Europe.

En compensation, la saison des pluies fournit au panorama le décor d'un ciel ténébreux et menaçant, avec de nombreuses nuées noires, gonflées et tourmentées, les unes derrière les autres, jusqu'à l'incendie du crépuscule qui couve, tout rouge, entre les nuages sombres à l'horizon. Harare est en contrebas, avec ses rues droites, toutes parées d'illuminations. D'accord, la promesse de la terre d'abondance n'a pas été tenue ; la Salisbury des pionniers s'appelle aujourd'hui Harare et c'est la capitale d'un État qui ne s'appelle plus Rhodésie, mais Zimbabwe. Mais, tout de même, l'histoire est histoire, même si, avant de devenir histoire, elle a été violence, sang, tromperie, vexation, etc. Il n'y a rien qui puisse, comme l'histoire, déplacer les événements du plan moral au plan amoral, c'est-à-dire, justement, historique.

Vingt heures. Tandis que nous descendons de la colline, l'orage éclate ou plutôt éclate une fois encore. Ces nuées noires que nous avons vues suspendues au-dessus de Harare s'ouvrent, déversent sur la terre déjà tellement imbibée l'eau dont étaient gorgées leurs entrailles inépuisables. Nous avançons lentement, dans les rues que l'orage dévaste, dirait-on, méthodiquement, lançant ses rafales de pluie d'abord de droite à gauche, puis de gauche à droite. Des ombres malingres de passants apparaissent, vont et viennent dans l'éblouissement confus et tournoyant des phares. Les Africains, je le découvre, appartiennent quand il pleut à deux grandes catégories : ceux qui affrontent la pluie avec une tranquillité absolue, sans parapluie, sans essayer de chercher un abri, et ceux qui tentent de l'éviter. Les premiers, naturellement, se trempent jusqu'aux os ; mais ça semble les laisser indifférents : l'air, même quand il pleut, est étouffant, comme toujours sous les tropiques ; évidemment, ils comptent pouvoir sécher tout de suite.

Entre deux trombes, nous arrivons à l'hôtel et nous le trouvons plongé dans le noir. À la place du grand hall resplendissant de lumières et de marbres, règne une totale obscurité dans laquelle errent les bougies familiales des portiers et des autres employés. On m'informe que l'eau a envahi le sous-sol et noyé le moteur qui actionne les pompes. Conduits par un garçon armé d'un chandelier, nous traversons les cuisines éteintes et en partie inondées, nous prenons l'escalier pour monter, nous atteignons nos chambres. Tâtonnant dans le noir, j'essaie d'ouvrir le minibar, mais je n'y arrive pas ; j'essaie d'allumer la télévision, mais elle ne s'allume pas ; à la fin, je m'assois et je me mets à regarder la vitre de la fenêtre qui par instants est traversée d'éclairs silencieux évoquant une bataille lointaine.

XVIII

UN MYSTÉRIEUX MONUMENT POUR FABRIQUER DES MÉTAUX

En attendant sept heures, heure à laquelle ouvrira le restaurant pour le breakfast, je lis un prospectus sur les célèbres ruines dont l'ex-Rhodésie tire son nom de Zimbabwe. Ken Mafuka, auteur de la plaquette, définit les ruines de Zimbabwe comme « le monument le plus important de l'Afrique avec les pyramides d'Égypte » ; je me demande alors : « Et les monuments romains ? Et les mosquées arabes et turques ? Et les autres monuments égyptiens, à Louksor ? » Mais je continue ma lecture. Mafuka explique ensuite : « De nombreux visiteurs de la Rome d'aujourd'hui sont stupéfaits devant le Colisée, devant les amphithéâtres, devant les rues de Rome, devant les arcs de triomphe qui parent cette ville historique. Il est difficile d'imaginer qu'autrefois l'histoire de l'Europe se décidait là. Il est encore plus difficile d'imaginer que les Italiens d'aujourd'hui ont le moindre rapport avec les Romains de l'Antiquité. Les exploits de Jules César, de Pompée, d'Auguste sont si merveilleux que l'on a du mal à croire que l'actuel ministre Fanfani puisse prétendre qu'il descend des Romains. »

Plaisanteries sur le mythe de Rome qui aplatissent tout et font un grand saut de la Rome antique à l'Arezzo moderne ! Du reste, Ken Mafuka n'est pas le seul à raisonner ainsi. À Moscou, il y a deux ans, au cours d'une émission de télévision, je me suis entendu dire exactement la même chose : « Mais, cher monsieur Moravia, quel lien y a-t-il entre les Romains d'aujourd'hui et les Romains de Jules César ? Il n'est pas possible qu'ils appartiennent à la même race. »

Neuf heures. Nous voici donc en présence du plus grand monument africain après les Pyramides : Zimbabwe, en langue shona, signifie « maison de pierre » ou même « maison vénérée » et en général on le disait (l'imparfait est de rigueur : tous les différents Zimbabwe par rapport au Zimbabwe actuel remontent au XVIe siècle) des tombes, ou des maisons des chefs ou des rois.

Le « Great Zimbabwe » que tout le monde connaît, qui se trouve reproduit sur tous les timbres et sur tous les billets de banque, est le plus grand et le plus célèbre de ces édifices mystérieux, en apparence militaires, en réalité des sièges symboliques et prestigieux du pouvoir politique et religieux.

Parfait. Mais il faudrait ne savoir absolument rien des monuments ; se renseigner après les avoir vus, pas avant ; bref, se fier à leur magnétisme, à leur vitalité vers laquelle convergent, même si nous n'en savons rien, la beauté, l'histoire, la fonctionnalité et, parfois, comme dans le cas de Zimbabwe, le mystère.

Je pense à tout ça, en grimpant sur une colline verdoyante, recouverte d'arbres en fleurs (en Afrique les arbres sont souvent plus fleuris que les arbrisseaux et les plantes) sous le soleil qui tape déjà. Derrière moi, au sommet d'une hauteur rocheuse, on entrevoit quelque chose de semblable à une forteresse délabrée : c'est l'acropole. Maintenant, en revanche, je me dirige vers la ville proprement dite. La capitale, en termes européens, tellement inappropriés en Afrique, de l'ancien empire Monomotapa.

Tout d'abord, en voyant la muraille grise, épaisse, poindre derrière les herbes hautes de la colline, on pense à une construction préhistorique. C'est une impression juste, au fond, parce que tous les termes historiques doivent être déplacés en Afrique. Zimbabwe devait en effet sa puissance au fait qu'à l'intérieur de ses murs étaient gardés les secrets de la technologie pour fabriquer des métaux, qui ailleurs remonte, justement, à un âge préhistorique. Mais quand on se rapproche, on voit tout de suite que l'on ne se trouve pas en présence d'une construction du genre des nuraghi sardes, mais de quelque chose de plus élaboré et en tout cas d'historique, fût-ce de l'histoire non écrite de l'Afrique.

La muraille doit avoir une hauteur d'une dizaine de mètres, ce qui n'est pas peu pour cette époque ; à la base, elle semble très massive ; j'apprendrai plus tard qu'elle a six mètres de large. La couleur est uniformément d'un gris épais et menu, le gris d'innombrables tessons de granite soigneusement appareillés et murés à sec, sans chaux, mais avec une force d'adhérence ahurissante, fruit de savants emboîtements.

La première chose qui frappe, dans cette muraille, aussi bien de loin que de près, c'est la forme arrondie. Cette insistance de l'arrondi, cette absence de la ligne droite, du coin, de l'arête est le caractère principal du monument : non seulement les murailles sont rondes mais une fois qu'on est dans l'enceinte, toutes les constructions qu'elle entoure et défend le sont aussi. Il s'agit de quelque chose d'inconscient et, par là, de légèrement obsessionnel. Pourquoi Zimbabwe est-il rond ? Probablement pour la même raison qui veut que les Pyramides soient pointues : parce que la construction ronde est préférable du point de vue psychologique à toutes les autres. Le ventre de la mère est rond, l'œuf est rond, la terre est ronde. Est-ce que vous pouvez imaginer la terre sous la forme d'un cube ? De la même manière il est impossible, ici, au cœur de l'Afrique, d'imaginer un édifice géométrique et muni d'angles.

On entre par des portes très étroites, aux montants arrondis, et voici la première surprise de ce monument étonnant : une deuxième enceinte du mur qui suit la première et ensuite, comme une pelote, se déroule en d'innombrables autres petites enceintes, naturellement rondes elles aussi. Entre deux enceintes, il y a une espèce de passage plongé dans une ombre glaciale dont l'étroitesse fait paraître larges les *calli* vénitiennes.

La *calle* débouche devant un grand sycomore qui a poussé Dieu sait comment dans les ruines. Près de l'arbre, s'élève le cône de la tour, en pain de sucre. Elle est plus haute que les murailles, mystérieusement privée de portes ou d'ouvertures, probablement une tour de garde. Mais comment arrive-t-on au sommet ?

Sur le faîte des murailles, des moulages (les originaux sont au musée) d'étranges oiseaux de pierre, tout à fait semblables aux gargouilles qui sont nichées sur les contreforts des cathédrales romanes et gothiques, regardent dans le vide avec des yeux perçants.

Tout bien considéré, Ken Mafuka a peut-être raison. Après les Pyramides, c'est le monument le plus important de l'Afrique. Parce qu'il est rond alors que les Pyramides ont une base carrée. Parce que, surtout, il est aussi mystérieux que les Pyramides, alors que les autres monuments romains, arabes et turcs ne le sont pas.

Quatorze heures. Il fait chaud, très chaud ; mais on part quand même : cette nuit il nous faut être à Bulawayo, deuxième ville du Zimbabwe.

Après la gorge relativement sauvage des ruines, nous voici dans le *veld*, mot d'origine hollandaise qui signifie « savane ». Il s'agit en réalité d'un plateau verdoyant, dépourvu du charme insidieux, sauvage de la savane, tout à fait semblable à un pâturage infini de type suisse, de bonne herbe haute, planté de peu d'arbres et d'arbustes eux aussi très verts et presque avenants : bref, la terre promise des envahisseurs anglais qui l'occupèrent en croyant, comme les Espagnols au Mexique, y trouver de l'or. Mais, plus pratiques que les Espagnols, une fois qu'ils eurent constaté qu'il n'y avait pas d'or, ils n'en firent qu'un immense élevage de bovins à mettre en conserve. Bien entendu, en dépouillant les noirs autochtones de leurs meilleures terres ; mais c'est une autre histoire.

Des vaches, des vaches et encore des vaches. De temps à autre, l'autoroute déserte (personne n'emprunte ces belles routes droites) nous avertit d'un éventuel passage de vaches par un panneau qui, sous l'image du bovin, porte l'inscription : « *Crossing place* » (lieu de passage). De leurs prés parsemés de rares arbres, les vaches cependant nous regardent, bucoliques et paisibles. Mais les grandes *farms*, les énormes fermes des *settlers* blancs, où sont-elles ? Nous n'en voyons pas une seule à l'horizon. De toute évidence, elles sont nichées au fond des *ranches*, loin des routes. Pourquoi ?

Par ailleurs, parmi les pays africains que j'ai visités jusqu'ici, le Zimbabwe est celui qui ressemble le plus à l'Amérique, non pas à celle de la Nouvelle-Angleterre, mais à celle du Middle West. Il n'est pas américanisé, attention ! C'est simplement un pays nouveau inséré dans le système économique de cette deuxième moitié du siècle.

Comme dans *Le Facteur sonne toujours deux fois* de Cain, les quelques villages sur lesquels nous tombons dans notre course sous un soleil incandescent paraissent organisés autour d'un centre idéal qui n'est rien de plus que la station d'essence. Dans le bâtiment ou plutôt baraque à un seul étage du pompiste, il y a tout : toilettes, motel, bar, restaurant, garage, ravitaillement. Le reste du village consiste en quelques rues très larges avec des rangées et des rangées de maisons à un seul étage. Dans les rues, personne ne passe ; quelques oisifs sont là, autour de la station qui, pour eux, doit être comme la pharmacie ou l'auberge dans certains villages italiens. Ils s'appuient aux pompes et regardent, silencieux et indifférents, les employés qui, eux aussi, avec des gestes et des pas lents d'oisifs, vont et viennent autour de notre voiture.

Ces villages-carrefours, du type Middle West, ont de petites arcades le long des rues pour protéger du soleil. En Tanzanie, les colonnades sont des poteaux rudimentaires à peine écorcés. Ici, elles sont en ciment, là, en pierre, avec même des ébauches de chapiteaux néo-classiques. Mais la désolation du ciel trop grand au-dessus de la route trop large et des maisons trop basses est identique.

Qui sait, peut-être qu'au comptoir du bar où l'on vend du pop-corn et, pourquoi pas, on vous fait frire un hamburger, il y a l'épouse malheureuse et érotique du *Facteur sonne toujours deux fois*, roman médiocre, mais représentatif et souvent adapté au cinéma. On y va. Mais non, il n'y a qu'un jeune noir qui, dans son anglais dur, guttural, nous offre de la bière et des boissons glacées.

Dix-sept heures. Nous arrivons à la frontière avec l'Afrique du Sud, à travers un paysage qui n'est plus suisse, mais authentiquement africain : non plus le *veld*, mais la savane typique, aride, insidieuse, parsemée d'énormes cylindres chauves et sombres, avec quelques petites feuilles et des brindilles maigrichonnes : les baobabs. De temps à autre, quelques girafes bien camouflées ; et naturellement, les acacias-parasols dont les girafes broutent les feuilles les plus hautes et les plus tendres. Mais au village où nous nous arrêtons pour faire réparer la jaguar, nous voici de nouveau dans l'atmosphère du *Facteur sonne toujours deux fois* : station d'essence, garage, toilettes, bar, motel. Je descends, en décollant mon dos gluant de sueur du cuir du siège, je vais boire au comptoir. D'abord un coca-cola, puis un jus d'orange, puis un soda : on dit que sous le climat africain, il faut boire au moins cinq litres par jour. On ne sait jamais, je pourrais me déshydrater. Maintenant, cependant, il faut aller chercher le patron du garage pour remplacer une pièce du moteur de la jaguar : il est allé pêcher dans un étang à la frontière de l'Afrique du Sud et la pièce est sous clé.

Nous trouvons le lac, au bout d'une piste poussiéreuse : c'est un lac artificiel, mais certaines rugosités suspectes qui, glissant rapidement, fêlent çà et là la surface révèlent la présence de crocodiles. Le patron est un blanc, au visage rose en forme d'œuf et au vaste front chauve. En voiture, il parle tout de suite de la question raciale : on en revient toujours au point névralgique. Son père a été tué pendant la guerre civile entre blancs et noirs, mais il ne pense pas à s'en aller, le pays lui plaît : « Il faut que les Africains comprennent que les blancs ne veulent pas le pouvoir. » Je ne dis rien ; mais je pense aussitôt que les blancs ne veulent pas le pouvoir parce qu'ils l'ont déjà, sous la forme du pouvoir économique. Ce pouvoir s'appelle néocolonialisme ; ce n'est que lorsque le problème de l'autonomie économique sera résolu que l'on verra si la cohabitation entre blancs et noirs est possible.

Dix-neuf heures. Une fois que la jaguar a été réparée, nous partons enfin pour Bulawayo, trois cents kilomètres le long de la frontière avec l'Afrique du Sud. Cette situation pose un problème de sécurité : nous sommes dans le territoire de la tribu des Matabele, minorité rebelle ; et souvent des hordes de « bandits » font des rafles et vont même jusqu'à assassiner quelques malheureux voyageurs : il y a deux ou trois ans, un groupe de touristes a disparu, les cadavres ont été retrouvés par la suite. Ainsi, par sécurité, un soldat de la lutte contre le banditisme, armé d'une énorme mitraillette, le buste enveloppé dans les spirales d'une mirobolante cartouchière, monte dans notre auto. Ce soldat et le fait que tous les trente ou quarante kilomètres nous tombions sur des barrages avec d'autres soldats et d'autres mitraillettes nous font comprendre qu'il y a un réel danger de rencontrer des bandits. Mais, comme toujours en Afrique, le risque de banditisme paraît se dissoudre dans un péril général qui semble émaner de la nature même du continent ; et il ne nous reste donc qu'à jouir de la nuit douce et noire, avec un magnifique ciel étoilé et l'air frais de la route qui souffle sur notre visage à travers les fenêtres, en nous apportant l'odeur de la brousse et peut-être, qui sait, celle aussi des fauves qui y vivent.

XIX

RHODES EST ENCORE LÀ, DANS LE MONUMENT DE GRANITE

Bulawayo. Cette nuit nous avons parcouru trois cents kilomètres, de Beitbridge à Bulawayo, en compagnie d'un soldat en uniforme de camouflage, la mitraillette entre les bras et la cartouchière enroulée autour de son buste. De temps à autre, disons tous les cinquante kilomètres, un barrage nous arrêtait et quelques soldats en tenue de combat comme le nôtre et en outre certains policiers très élégants en kaki nous demandaient nos papiers et les examinaient avec soin à la lumière de leurs lampes électriques. « Des bandits », ont-ils dit une fois, en guise de justification.

Mais ce matin, il n'y a plus aucune trace de ces prétendus « bandits ». Nous sommes dans un hôtel tranquille et confortable de Bulawayo et comme au petit jour nous nous présentons timidement sur le seuil de la salle à manger, nous tombons sur un autre barrage, très pacifique celui-ci : une très grande directrice blonde, au visage chevalin parsemé de taches de rousseur, nous fait signe de nous arrêter et d'attendre. Que se passe-t-il ? Il se passe que nous ne pouvons pas nous mettre à table pour le petit déjeuner tant que n'est pas libéré un certain guéridon près de la cheminée qui, par une obscure décision de cet échalas, est le seul que nous ayons le droit d'occuper. Nous attendons par conséquent et finalement nous nous asseyons docilement à la table indiquée. La directrice prend ensuite quelques menus, tous décorés d'images de la campagne anglaise, qu'elle nous distribue.

Nous les ouvrons et constatons qu'il y a de tout sur la carte, tout ce que peut désirer un insulaire britannique éloigné de sa patrie pour son petit déjeuner : il y a du *porridge*, des *scones*, des œufs au bacon, des biscuits danois, des *corn-flakes*, du *cottage cheese*, des fruits exotiques, du poisson fumé, des saucisses... Nous choisissons modestement un *continental breakfast*, du thé, du pain, du beurre et du miel, et la directrice s'en étonne presque : « Pas d'œufs du tout ? » Ensuite, elle reprend le menu et se dirige, d'un pas lent et majestueux, vers d'autres clients qui, à cet instant même, apparaissent, timidement eux aussi, à l'entrée.

Pourquoi est-ce que je m'étends sur ces détails si typiquement britanniques de la vie quotidienne à Bulawayo ? Non pas certes parce qu'ils sont nouveaux ; le code du mode de vie anglais a été créé et établi à l'époque de la reine Victoria et depuis lors n'a plus jamais été changé. Non, ce que je voulais faire sentir, c'était que ce mode de vie, ici, au Zimbabwe, apparaît, dans son conventionnalisme inaltérable, comme plongé dans une atmosphère irréelle de rêve en plein jour. L'irréalité de la cohabitation entre noirs et blancs, après la guerre civile qui a vu la majorité noire remplacer la minorité blanche au gouvernement.

C'est un rêve, disons, de normalité dans une situation anormale, destinée cependant à se prolonger encore pendant de nombreuses années avant de devenir réalité effective, ou alors de se révéler un rêve et rien de plus. Peut-être que si ça ne dépendait que du Zimbabwe, tout mène à le croire, ce rêve se réaliserait finalement sans grand mal. Mais il ne dépend pas du Zimbabwe que les noirs et les blancs trouvent la manière indolore de cohabiter paisiblement. Ça dépend, en revanche, de l'Afrique du Sud et de la manière dont sera résolu ou non le problème tragique de l'apartheid. Tant qu'il y aura du racisme en Afrique du Sud, le mode de vie britannique au Zimbabwe conservera son caractère provisoire et en quelque sorte onirique. Que la cohabitation pacifique des noirs et des blancs soit encore un rêve, de nombreux indices, du reste, le confirment, comme les précautions contre les prétendus « bandits » de la nuit dernière. En réalité, les bandits sont souvent des « dissidents » tribaux ou idéologiques ou les deux, qui ont rejoint le maquis pour protester précisément contre le rêve de normalité sanctionné par les accords entre le parti nationaliste du président Mugabe et l'Angleterre.

Pour ces « dissidents », les accords ne seraient rien d'autre qu'un compromis tout à l'avantage de l'Angleterre. Le fait que la terre soit restée en grande partie dans les mains des *settlers* blancs constituerait le fondement du compromis.

Mais tout cela, le touriste n'est pas tenu de le savoir. Il voyage dans un pays dans lequel tout paraît organisé tranquillement et sereinement selon le mode de vie britannique. Simplement, voilà, ce mode de vie, lui, il le ressent, Dieu sait pourquoi, semblable à un de ces rêves légers, transparents et incertains que l'on fait le matin, à la fin du sommeil, peu avant un réveil définitif et souvent amer.

Neuf heures. Bulawayo, traversée en voiture au pas, se révèle une ville plus américaine que Harare, de cet américanisme particulier, cependant, qui, encore moins qu'aux États-Unis, ne parvient à dissimuler ses racines économiques directes. L'américanisme des multinationales et du néo-colonialisme, deux mots qui, après l'abus facile et polémique qui en a été fait, ne signifient presque plus rien, sinon un certain air abstrait et anonyme de marché cosmopolite ouvert à tous les produits industriels possibles du monde occidental. Voici au centre les immeubles massifs, véritables forteresses de la banque anglo-saxonne ; voici les bâtiments plus légers et plus décoratifs des grands magasins, ceux-là mêmes qui ont leurs sièges principaux à Londres et à New York ; voici, sous les arcades, la foule des clients noirs et blancs, réunis par les rites de la consommation ici plus déclarés qu'ailleurs, du moins par l'absence évidente d'industrie nationale.

Voici, enfin, le quartier des riches : curieusement, l'irréalité du rêve du mode de vie britannique, je le sens davantage dans certaines habitudes familiales modestes de type victorien que dans la richesse de ces grandes villas luxueuses, à un ou deux étages, nichées au fond de magnifiques jardins. De ces villas émane un air de sécurité enviable ; elles semblent dire : « Ici nous sommes et ici nous resterons, quoi qu'il advienne. Nous ne sommes ni anglaises ni américaines, nous sommes riches. »

Neuf heures trente. Nous roulons sur une dizaine de kilomètres pour rejoindre le parc de Matopos, où se trouve la tombe de Cecil Rhodes le... (comment l'appeler ? Conquérant fait trop militaire et Rhodes se servait des militaires, mais, loin d'être un militaire, c'était un homme d'affaires)... disons, « phagocyteur » du territoire africain appelé aujourd'hui Zimbabwe.

Plus on examine la conquête anglaise de cette partie de l'Afrique et plus on a en tête Pizarro et la conquête du Mexique, qui lui ressemble. L'idée dominante et obsessionnelle des Anglais de cette époque était que le Zimbabwe recelait autant d'or que l'Afrique du Sud. La faim de l'or ne s'assouvit, paraît-il, que de deux façons : par le meurtre ou par la duperie. Comme chacun le sait, Pizarro a recouru à la première solution. À une époque de démocratie et d'information, que pouvait faire Cecil Rhodes ? Il recourut à la seconde. L'histoire de Rhodes et du roi Nobengula, gigantesque roi africain du Matabeleland, mais, hélas, analphabète, est l'histoire d'une duperie.

Nobengula ne savait ni lire ni écrire, mais se fiait aux missionnaires. Or, les missionnaires qu'il avait connus dans sa jeunesse avaient été de braves personnes, mais avaient disparu. Maintenant, ils étaient remplacés par une génération de missionnaires cyniques et patriotiques qui collaborait avec l'impérialisme. En particulier, les deux missionnaires que Nobengula consulta avant de signer le traité avec Rhodes, Helms et Moffatt, étaient secrètement à la solde de Rhodes lui-même. Ils assurèrent au pauvre roi que le traité était avantageux pour lui ; le roi signa d'une croix ; puis les Boers, rivaux des Anglais, révélèrent à Nobengula qu'il avait été grugé ; et le roi déchira le traité. Rhodes adopta alors la force. Le résultat, comme on le sait, fut, outre la défaite et la mort de Nobengula, l'annexion de son royaume à l'Empire anglais.

Pour donner une idée de la naïveté des noirs face aux blancs d'alors, il suffit de penser que Nobengula croyait de bonne foi qu'en signant un traité avec les Anglais il signerait avec « tous » les blancs. Le soupçon ne l'effleurait même pas qu'à côté de l'impérialisme anglais il y aurait les impérialismes français, allemand, portugais, hollandais, belge, etc.

Le parc de Matopos offre deux attractions : les fauves que, toutefois, nous ne pourrons pas voir aujourd'hui parce qu'ils ont été chassés par les grandes pluies dans d'autres régions ; et la tombe de Cecil Rhodes. Je ne suis pas du tout préparé à ce que je vais voir ; j'imagine vaguement une tombe conventionnelle construite dans quelque endroit avenant selon les dessins de quelque architecte post victorien, et, si ça se trouve, en style néoclassique. Dieu sait pourquoi je pense au style des tombes du cimetière anglais de San Paolo à Rome. Bref, je ne m'attends à rien de plus qu'à un hommage, disons, officiel, rendu à un personnage historique lui aussi officiel.

Tout d'abord, le sentier me donne raison, se mettant à tourner sous les inévitables grands arbres africains. Ensuite, surprise ! Le sentier devient escarpé, les arbres disparaissent et tout à coup se dresse devant nous une hauteur en forme de tour, toute carapaçonnée de granite nu. Là-haut, sur le fond d'un ciel obscur et menaçant de grandes pluies, quelque chose de monumental qui en même temps ne semble pas être un monument attire l'attention. On dirait, vu ainsi d'en bas, les énormes boules, immobilisées, enchantées, d'une colossale partie de pétanque.

Je regarde un moment ces étranges objets, je me remets ensuite à grimper au milieu d'innombrables touristes, tous blancs à vrai dire, qui montent avec moi. Je réfléchis en même temps à ce que peut signifier un pareil monument dans un pays tel que le Zimbabwe. Il me semble clair que le Zimbabwe, qui a fait une guerre civile pour ôter le pouvoir à la minorité blanche et le donner à la majorité noire, et toutefois a conservé intacte et respectée cette tombe de Rhodes, montre ainsi qu'il n'a pas envie de répudier, du moins pour l'instant, ses origines coloniales. C'est sans aucun doute un aspect intéressant du compromis actuel entre blancs et noirs au Zimbabwe. Est-ce que ça durera ? Ou alors dans quelques années la tombe sera-t-elle déplacée ailleurs ? Ce n'est pas une hypothèse si hasardeuse. Nous ne vivons plus à une époque de rhétorique humaniste, lorsqu'il suffisait d'une inscription lapidaire en latin et d'une statue équestre pour effacer jusqu'au souvenir d'un tyran. Nous vivons à une époque de propagande. Le corps embaumé de Staline a été enlevé du lieu qui lui avait tout d'abord été assigné. Pourquoi Cecil Rhodes devrait-il connaître un meilleur sort ?

Nous voici au sommet d'une montagne entre les sphères colossales d'un roc jaune léonin placées en équilibre tout autour de la tombe : une plaque de pierre à ras de terre, avec cette inscription, dont la simplicité non dépourvue de prosopopée ne doit pas induire en erreur : *Here lie the remains of Cecil John Rhodes*, « Ci-gît la dépouille de Cecil John Rhodes. » Exactement le contraire de la célèbre pierre tombale athée de l'humaniste de la Renaissance : *« Hic jacet Simoninus totus. »* Avec son inscription funéraire, Rhodes nous avertit que là-dessous, sous cette pierre, ce n'est pas *Rhodes totus* que l'on trouve, loin de là ; et qu'il n'est pas seulement ici dans cette tombe, mais ailleurs aussi, dans cet Empire anglais que de son vivant il avait tellement contribué à agrandir.

Bien sûr, si ces sphères de roc n'étaient pas des blocs erratiques sculptés par l'érosion de plusieurs millénaires, mais une œuvre humaine, on ne pourrait pas s'empêcher de considérer la tombe comme un monument d'un goût douteux et de surcroît très daté. C'est une tombe de style préhistorique, mais de la préhistoire romancée pour les enfants, de la *Guerre du feu* de Rosny l'aîné. Une tentative de décor wagnérien dans le genre *Crépuscule des dieux*. Et le fait que ce soit la nature qui a créé ce décor cyclopéen n'atténue pas la mégalomanie du choix. Oui, parce que ce n'est pas la patrie rhodésienne qui a voulu la tombe de Rhodes à cette hauteur, mais bien lui-même. Il appela l'endroit : *View of the world*, « vue du monde ». Et alors on se demande spontanément : quel monde ? Celui de Rhodes, à savoir la Rhodésie ? Ou le monde en général ? Au cours de ses explications, le soldat qui nous escorte depuis hier me précise que dans les grottes, là-haut, non loin de la tombe, il y a des léopards qui vivent encore. Et puis, mine de rien, il m'informe qu'un des « bandits » dissidents, recherché depuis longtemps, a été, semble-t-il, tué précisément la nuit dernière dans un affrontement armé. « Il habitait dans l'une de ces grottes ; il rançonnait les paysans ; de temps en temps, il enlevait une femme, la forçant à vivre avec lui. » Je l'écoute et j'éprouve alors de nouveau ce sentiment d'irréalité que m'inspire, depuis que je suis au Zimbabwe, le mode de vie anglais imposé par les Anglais à eux-mêmes avant même de l'imposer aux autres.

XX

CHUTES VICTORIA : « LA FUMÉE QUI TONNE »

Chutes Victoria. Seize heures. Le terme de « découverte » devrait être, disons, relativisé, c'est-à-dire, quand il s'agit d'une exploration couronnée de succès de lieux et de pays jusqu'ici ignorés, rapporté seulement à la civilisation occidentale ou, si l'on préfère, blanche. Ce sont les Européens qui, depuis l'époque d'Hérodote, ont « découvert » le monde ; les autres peuples se contentent de le visiter. Seuls les Européens attribuent le sens d'une appropriation avant tout intellectuelle et, si ça se présente, économique et militaire au simple fait de voir quelque chose « la première fois ». Surtout au XIXe, siècle de la plus grande expansion de l'Europe, le terme de « découverte » acquiert un caractère rapace et compétitif qui, en ce qui concerne l'Afrique, trouve sa définition appropriée dans l'expression célèbre : *« the scramble for Africa »*, la dispute ou, mieux encore, la bagarre pour l'Afrique.

Je me dis tout ça, tandis que nous nous dirigeons sur une bonne route goudronnée parmi des maisons, masures, motels et hôtels de type anglais vers le lieu qui constitue la plus grande attraction touristique du Zimbabwe, les fameuses chutes de la reine Victoria.

C'est Livingstone qui baptisa de ce nom les cascades et il faudrait savoir ce qu'il avait en tête quand il décida de donner un nom anglais, et donc d'annuler ainsi implicitement tout autre nom qui lui aurait été attribué auparavant, à ce majestueux phénomène de la nature.

À quoi pensait Livingstone ? Imaginait-il qu'aucun homme n'avait « vu » les chutes avant lui ? Non, il savait parfaitement que les Africains « connaissaient » les cascades, d'autant plus qu'ils leur avaient donné le nom très réaliste de Mosi-oa-Tunya, c'est-à-dire « fumée qui tonne ». Et alors ? Alors pour Livingstone, quoique missionnaire et chrétien, les Africains, justement parce qu'ils s'étaient contentés de « voir » les chutes individuellement et de façon désintéressée, ne « comptaient pas » ; lui, en revanche, il les avait « découvertes » parce qu'il y était arrivé pour le compte et au nom de sa lointaine patrie européenne.

Peut-être Livingstone voulait-il annexer les cascades à l'Empire anglais ? Non, c'était un missionnaire, un explorateur, un géographe. Il voulait simplement, comme on dit, « accroître » dans son propre pays la connaissance de l'Afrique. Mais alors pourquoi les baptiser ou plutôt les rebaptiser Chutes Victoria ? Pourquoi ne pas accepter le nom tellement plus ancien et poétique de « fumée qui tonne » ?

Comme cela se produit souvent pour les monuments les plus importants, naturels ou humains, la plus grande cataracte du monde a une entrée modeste. À une petite construction en forme de pavillon succède un sentier ordinaire dans un bois.

Puis, peu à peu, les choses se compliquent. En attendant, au-dessus de la forêt où nous pénétrons, nous observons une espèce de colonne de vapeur épaisse et tumultueuse ; tandis que, faible mais perceptible, parvient à nos oreilles un bruit sombre et continu, comme un lointain grondement de tonnerre ; tout à fait « la fumée qui tonne ». Et puis, au fur et à mesure que le sentier serpente entre les arbres de plus en plus hauts et plus serrés, nous nous apercevons qu'il ne s'agit pas d'un bois quelconque ; au Zimbabwe, plateau essentiellement formé de prairies et de savanes, de pareils bois n'existent pas ; nous nous trouvons en fait dans une de ces forêts pluviales qui recouvrent d'immenses territoires au Zaïre, au Gabon, au Cameroun. Bref, nous sommes entrés dans un endroit, pour ainsi dire, artificiel, même si l'artifice, en l'occurrence, procède de la nature. Cette forêt pluviale est, en effet, le produit atypique non pas des pluies saisonnières, mais de l'immense quantité de vapeur qui explose, s'élève de la cascade et puis retombe en des milliards de gouttelettes, transformant toute la zone en une espèce de serre de flore équatoriale.

Nous marchons lentement, en regardant autour de nous avec méfiance, et nous voyons progressivement la forêt changer d'aspect. C'était au début l'habituelle brousse africaine, voici qu'elle devient peu à peu une forêt fantastique dont il est impossible de ne pas remarquer l'étrangeté menaçante.

Le terrain est noir, comme à la suite d'anciennes stratifications de végétation pourrie et moite ; des troncs comme carbonisés, mais avec quelques touffes de feuilles très vertes çà et là, barrent souvent le chemin ; le sous-bois n'est qu'un enchevêtrement obscur de plantes entrelacées, mais de temps à autre pointent de blanches fleurs spectrales ; les lianes qui pendent nombreuses semblent imiter les serpents : on ne peut s'empêcher de détourner la tête avec crainte et dégoût.

La forêt offre parfois comme une ouverture, une déchirure vide, on entrevoit alors au loin des eaux noires et stagnantes d'où semble monter, pareille à un miasme nocif, une brume luminescente et mystérieuse.

Après bien des tours et des détours, on parvient au monument de Livingstone, sculpture disons grandeur nature, vêtu non pas en missionnaire, mais en explorateur, semblant marcher, avec sa veste, son pantalon, ses bottes et son alpenstock en bronze. Un peu plus loin, un parapet ; mais au-delà du parapet, ce qu'on devrait voir, à savoir les cascades, n'apparaît pas. On voit plutôt la « fumée qui tonne », c'est-à-dire un énorme tumulte de vapeur craché sans interruption par le gouffre au fond duquel le fleuve chute à la verticale. Ensuite, comme par hasard, la vapeur se raréfie, s'ouvre et alors, pendant un bref instant, nous entrevoyons le visage du monstre.

Je dis monstre au sens strict, tératologique, non seulement à cause des mesures monstrueuses des chutes (le fleuve tombe sur un front de 1 708 mètres de largeur et de 103 mètres de profondeur), mais aussi à cause du sentiment proche de l'incrédulité qu'inspire l'apparition du colossal rideau d'eau.

En quittant ce belvédère et en nous rendant à travers la forêt dans un autre lieu d'observation plus en amont, nous comprenons que la cascade n'est pas seulement un monstre, mais une métaphore naturelle de ce qui porte le nom de catastrophe. Du belvédère, en amont, nous voyons, en effet, tout un bras du fleuve Zambèze, non loin des chutes. À nos yeux stupéfaits, apparaît un paysage ordonné et pacifique qui « ne sait pas » que cent mètres plus bas il est destiné à se précipiter dans le chaos. C'est un paysage presque lacustre, avec des eaux immobiles et stagnantes, des îles et des îlots recouverts d'arbustes, de masses de végétation amphibie à demi submergées et sur l'autre rive, là-bas, la brousse et quelques palmiers mélancoliques déplumés.

Or, tout ce paysage horizontal et tranquille, comme un plateau plein d'assiettes et de verres tenu par la main d'un garçon de café négligent, se renversera un peu plus loin en un gouffre hurlant. N'est-ce pas là la métaphore de tant de catastrophes historiques ? Ce Zambèze, si tranquille à cent mètres de distance de la cascade, ne fait-il pas penser à certaines sociétés endormies la veille de la révolution ?

Dix-huit heures. Nous revenons des chutes presque dans le noir, par la même route goudronnée que nous avions empruntée pour nous y rendre. Soudain, j'aperçois au milieu de la chaussée grise une longue bande mobile jaune marron : un serpent. Le chauffeur accélère et au moins une des roues passe sur l'animal qui, en effet, comme nous nous arrêtons et regardons à la lumière des phares, ne barre plus la route mais se tient de côté, la tête posée sur l'anneau le plus haut.

Il semble nous regarder avec haine ; le chauffeur nous assure qu'au moment où la roue lui est passée dessus, le serpent, qui appartient à l'espèce des *spitting cobras*, c'est-à-dire des « cobras cracheurs », s'est redressé et a craché une giclée de venin contre l'aile. On décide de le tuer ; la route est trop fréquentée ; il pourrait se rétablir et tuer à son tour.

Juste à ce moment, survient une grande jeep bourrée de monde : des femmes, des enfants et deux jeunes à l'air de hippies, barbus comme il se doit et vêtus de tuniques et de jeans. Ces deux-là descendent pour éclairer le serpent avec une lampe électrique ; l'un d'eux s'écrie d'une voix de fausset : « Pourquoi devrions-nous tuer un pauvre, doux, ravissant *spitting cobra* ? » Toutefois, après bien des plaisanteries, ils font demi-tour, redémarrent et passent sur le serpent avant de disparaître dans le noir.

Nous les imitons. Je sens, au moment où la roue passe sur le serpent, comme une bosse moelleuse, gonflée et résistante ; et je me demande, tandis que nous filons vers l'hôtel, s'il est vraiment mort cette fois-ci. J'ai l'impression étrange d'une vitalité inépuisable. De même que le fleuve ne cessera jamais de se précipiter dans son gouffre, de même le serpent jamais ne mourra.

Dix-huit heures, le lendemain. Kazungula. Nous partons des Chutes Victoria et décidons de faire un détour par Kazungula, localité frontalière où se rencontrent trois pays, le Zimbabwe, la Zambie et le Botswana.

La route qui mène à Kazungula à cette heure-ci est entièrement déserte. C'est typique du tourisme de masse. Aux Chutes se presse une foule énorme conduite par les agences ; ici il n'y a personne, les agences n'ont pas compris Kazungula dans leurs programmes. Tant mieux !

Comme d'habitude, en cette période de grandes pluies, le ciel est bas, noir, épuisé. La forêt, très épaisse, de part et d'autre de la route, semble entièrement privée de toute forme de vie hormis la vie torpide et immobile des végétaux.

Je dis au chauffeur, plaisantant à demi : « Ici il faudrait vraiment quelques animaux, que sais-je, un buffle, une girafe, un éléphant. » Et alors, ô merveille, il pointe le doigt vers un accotement et répond : « Le voici, l'éléphant. »

Je le vois juste au moment où nous lui passons devant. Il se tient dans une niche naturelle de la muraille compacte de la forêt, comme les statues des saints dans les niches des murs des cathédrales. Il s'est mis de face, je ne distingue que sa tête et sa trompe, le reste du corps est dans la forêt.

Je vois son grand front noueux qui paraît se prolonger par la partie la plus large de la trompe, des deux côtés de laquelle blanchoient, recourbées, les défenses. Les grandes oreilles fragiles et cartilagineuses dépassent un peu de cette tête obtuse comme pour capter les sons, les plus légers soient-ils : l'éléphant nous voit mal avec ses yeux minuscules, mais il a une bonne ouïe et, naturellement, étant donné le développement du nez, un odorat exceptionnel. À regret, je ne peux qu'en arrêter l'image dans ma mémoire : la voiture poursuit sa route.

Nous arrivons à Kazungula, nous contemplons pour le moment le Zambèze qui est ici très large et calme, avec un village là-bas, au loin, sur la rive de la Zambie, fait de cabanes aux toits coniques ; ensuite nous reprenons la route en sens inverse.

Tout à coup, survient quelque chose d'imprévu. Un éléphant adulte, de proportions respectables mais plus petit que le géant qu'on vient d'entrevoir, bref une femelle, marche au milieu de la route. À son trottinement distrait et capricieux nous comprenons qu'elle ne nous a pas vus et qu'en tout cas elle n'a nullement l'intention de nous laisser la voie libre.

Elle avance doucement ; de temps à autre, elle tend la trompe et arrache dans le fossé quelques frêles plantes comestibles. De la part d'un gros animal habitué à ingurgiter des quintaux d'herbe, ça nous fait l'effet d'un bon tour ou, pis encore, d'une provocation. Mais toujours est-il que nous nous mettons derrière l'éléphante et ainsi, à pas d'homme ou plutôt d'éléphant, nous faisons un ou deux kilomètres.

Toute la scène, dans cet air sombre de crépuscule tropical, sous ce ciel d'orage, n'a rien de ridicule, comme on risquerait de le penser. Par pur hasard et sans le vouloir, nous avons fait un grand saut dans la préhistoire, avec notre voiture et nos appareils photo.

Puis l'éléphant, tout à coup, dévie et s'enfonce dans la forêt. Nous reprenons notre allure normale ; la préhistoire, à cent cinquante à l'heure, s'évanouit ; nous sommes à nouveau dans l'histoire.

XXI

UN PARADIS TERRESTRE SUR LES RIVES DU LAC KARIBA

Huit heures. J'ai dormi dans un motel sommaire et guère accueillant, dont la patronne vient tout droit de Dieu sait quelle ville moraliste et autoritaire de la province anglaise ; et je bois à présent mon café, assis sous les arcades de ma fausse hutte de ciment, avec vue sur le lac Kariba que bientôt je traverserai sur toute sa longueur (environ trois cents kilomètres), à bord d'un ferry. En attendant, je feuillette un prospectus qui contient des renseignements sur ce grand bassin artificiel. Comme tout ce qui s'est fait dans le passé et se fait aujourd'hui en Afrique, des Pyramides au lac Nasser, le lac Kariba a lui aussi des proportions colossales. Si l'on dit que sa surface est de cinq cent mille hectares, ça n'évoque pas grand-chose ; mais préciser que par sa longueur il recouvre une distance à peu près égale à celle qui sépare Rome de Florence est plus parlant. Le lac qui est, en réalité, la vallée du Zambèze inondée artificiellement est très long et étroit ; pendant toute notre traversée, nous verrons constamment les deux rives, mais nous ne verrons jamais aucune des deux extrémités.

Autre nouvelle utile pour quiconque s'intéresse à de telles constructions ainsi que pour ceux qui pourraient encore douter que l'Italie est un grand pays industriel : le lac Kariba a été construit par des entreprises italiennes : Impresit ; Girola ; Lodigiani ; Torno. La société adjudicataire était le *Federal Power Board of Rhodesia* (c'est-à-dire le Zimbabwe) *and Nyasaland.* Les travaux de construction ont duré quatre ans, de 1956 à 1960.

Hier, j'ai vu le barrage. Il barre, de sa colossale muraille pareille à un amphithéâtre antique, une gorge étroite dans laquelle le Zambèze, fleuve erratique par excellence, se précipitait tumultueusement. À présent le barrage qui contient ce tumulte a permis d'endiguer les eaux dans les limites de 3 350 millions de mètres cubes.

Peut-être ne sera-t-il pas inutile d'ajouter que cinq cents ouvriers et employés italiens ainsi que mille quatre cents ouvriers iraniens ont contribué à la réalisation du barrage.

Je lève les yeux de mon livre et regarde le lac, en imaginant la vie de ces Italiens et Iraniens pendant quatre ans. Le lac désert, sauvage et mélancolique comme tous les lacs africains, artificiels ou non, ne me fournit aucune réponse. Pas plus que ne répondent d'autres œuvres colossales analogues, dispersées dans le continent noir. En Europe, un barrage semblable se trouverait dans un paysage industriel, peut-être laid mais en harmonie avec l'œuvre. Ici, dans le cadre d'un paysage de type préhistorique, où l'on s'attendrait à voir des dinosaures, il n'est lié à rien, et semble être tombé du ciel.

Si jamais demain, comme cela pourrait parfaitement se produire, une guerre nucléaire balayait tout le genre humain et qu'ensuite, au bout de quelques millénaires, une autre humanité prît sa place, ignorant tout à fait la catastrophe, qui sait ce que diraient nos successeurs, quelles étranges théories ils formuleraient sur les ruines oubliées du barrage : « Une civilisation incroyablement avancée... le mystère des constructions cyclopéennes... peut-être un temple consacré à quelque divinité de ces temps reculés et superstitieux. »

Autre renseignement qui donne à réfléchir : la vallée du Zambèze, aujourd'hui transformée en lac, était recouverte de forêts et les animaux abondaient dans les forêts. Or, on a cherché, dans la mesure du possible, à sauver ces innocents habitants du lieu et voici, en effet, alignés comme dans un bilan les chiffres : tant d'éléphants, tant de buffles, tant de rhinocéros, tant de girafes, tant de lions, tant de léopards, tant d'antilopes, tant de gazelles, et ainsi de suite. Naturellement, les animaux amphibies comme les crocodiles et les hippopotames n'ont pas eu besoin de soins particuliers. Et les singes, les petits rongeurs, les serpents, comment aura-t-on pu les mettre à l'abri ? J'imagine un singe qui se débat dans les bras du zoophile salvateur et, peut-être, le mord parce qu'il ne peut comprendre ses intentions bienveillantes. Hé, hé, il est difficile de faire le bien !

Onze heures. Une dame petite et grosse, à lunettes et aux cheveux blonds et crépus, au visage large et massif de bouledogue, fait mettre les voitures en file pour qu'elles s'embarquent l'une après l'autre dans le misérable petit bac du lac. Le ferry, apparemment petit, engloutit dans sa cale un nombre incroyable de voitures, ensuite brise le silence du lac désert avec trois hurlements de sirène déchirants. Bref, on part.

Nous voici au milieu du lac. Je m'assois en poupe et je regarde.

Première observation : le lac est informe. Les eaux montent à mi-hauteur des basses collines qui dominent les rives ; mais elles pourraient très bien monter plus ou moins haut, rien ne changerait. Nous sommes devant une inondation, pas un lac.

Deuxième observation : il y a de temps à autre des îles et des îlots ; mais on voit parfaitement qu'aujourd'hui encore ils émergent comme des parties élevées de reliefs submergés, non comme d'anciennes et pittoresques terres ayant émergé il y a des millénaires et donc depuis longtemps insérées dans le paysage. Ils émergent avec quelques touffes hérissées d'arbres, sans plage, sans côte, sans baie ni promontoire. On dirait carrément qu'ils ne possèdent même pas la capacité de se refléter dans les eaux qui les entourent. Et pourtant la jungle innocente et avide en prend déjà possession.

Avec les jumelles, je distingue sur une de ces îles un troupeau d'éléphants. Que font-ils ? Ils font le paradis terrestre, malgré l'aspect lugubre et déplumé de l'île : ils jouent, se poursuivent, puisent de l'eau avec leur trompe et s'arrosent mutuellement, se bousculent et peut-être, qui sait, s'accouplent. Tous les passagers dirigent avidement leurs jumelles sur les lointaines et petites silhouettes des éléphants. Mais pourquoi la vie naturelle, sauvage, fascine-t-elle tant les gens ?

Troisième observation : pour compenser ce lac Kariba si désert et si sinistre, l'Afrique fait l'offrande d'un ciel merveilleux, d'une générosité épique, avec des nuages splendides par leur forme et leur couleur, en mouvement constant, tantôt à la dérive et tantôt amassés en nimbus menaçants. Et, ô surprise ! sur le lac souffle une brise délicieuse qui fêle les eaux et adoucit l'ardeur du soleil.

Quinze heures. Après le déjeuner, après le défilé bien élevé des voyageurs devant un buffet de pure gastronomie britannique, il ne reste rien d'autre à faire que de lier conversation avec quelques passagers. J'écarte les touristes européens français, anglais, allemands, qui ne peuvent rien me dire que je ne sache déjà ; j'écarte les Sud-Africains qui ne me diraient jamais ce que j'ignore ; je choisis enfin un Indien, au visage émacié et sombre, aux yeux brillants, très élégant dans sa tunique pervenche ; et je le trouve immédiatement disposé à aborder le sujet ou plutôt le cauchemar qui au Zimbabwe est, pour ainsi dire, inévitable : l'apartheid.

L'Indien est commerçant, il vit à Johannesburg, en Afrique du Sud. Selon les lois raciales, c'est un *colored*, c'est-à-dire quelqu'un qui n'est ni blanc ni noir, mais fait tout de même l'objet d'une discrimination à cause de la couleur de sa peau. Je lui dis que l'apartheid rappelle beaucoup les divisions des castes en Inde ; d'autant plus que caste se dit *varna*, qui signifie aussi « couleur » ; nullement déconcerté, il me fait poliment remarquer qu'une chose est de fonder une société divisée en castes à l'époque des mythiques invasions aryennes et une autre chose est de le faire aujourd'hui, en pleine révolution industrielle. J'en conviens et je lui demande comment ça se passe réellement actuellement en Afrique du Sud.

Il me déverse alors un torrent d'informations plus décourageantes les unes que les autres. Certaines sont très connues, par exemple le passeport obligatoire qui limite les mouvements des noirs. D'autres ne concernent pas tant les restrictions de la liberté que les effets de ces restrictions. Ces effets frappent pareillement blancs et noirs ; les premiers, forgeant le mythe terrifiant du noir menaçant et dangereux et, à travers cette peur, créant une véritable psychose anti-noirs chez les blancs ; les seconds, inévitablement, leur inspirant des sentiments de haine raciale qui pourraient, avec le temps, devenir permanents et irréversibles.

Tout cela génère un état de tension qui ne suffit pas à ralentir la séparation rigoureuse entre blancs et noirs, les premiers ne rencontrant les seconds que sur leurs lieux de travail. L'apartheid est soutenu par la grande majorité des blancs, surtout pour des raisons économiques, car le faible coût de la main-d'œuvre noire fait que les blancs jouissent d'un niveau de vie qui est le plus élevé de toute l'Afrique.

Mais ces raisons économiques, comme ça arrive souvent, sont inconscientes ; et les blancs croient de bonne foi défendre avec l'apartheid la civilisation occidentale, telle qu'ils l'ont créée en un siècle de colonialisme en Afrique du Sud. D'où, évidemment, « le bruit et la fureur », c'est-à-dire une situation à laquelle il est très difficile de prévoir des solutions rationnelles. En effet, beaucoup de ceux qui voudraient la victoire de la raison ou du moins du raisonnable, ceux qu'on appelle modérés, presque tous appartenant aux groupes de professions libérales, s'en vont. Ils émigrent en Australie, au Canada, aux États-Unis, à un rythme croissant qui a presque doublé de 1984 à 1985.

L'Indien secoue la tête et conclut : « Malgré la révolte noire, tout, de nos jours encore, dépend des blancs. Mais l'ennui, c'est que les blancs ont peur. Et avec la peur, on ne peut rien faire de bon. »

Vingt et une heures. C'est la nuit. Le ferry continue sa traversée silencieuse sur les flots déserts et noirs du lac Kariba ; et les passagers s'apprêtent à aller au lit. Il ne s'agit pas de lits à proprement parler, mais de chaises longues en rangs serrés les unes contre les autres tout autour du salon du bateau. Pendant que je m'étends dans l'obscurité, avec peine et gêne, entre le commerçant indien et une vieille dame sud-africaine, j'ai tout à coup en tête une réminiscence de quelque chose d'anglais. Ce sont les très beaux dessins qu'Henry Moore fit à l'époque des bombardements nazis sur Londres. Dans ces dessins, les Londoniens étaient alignés, tout à la fois macabres et fantomatiques, dans les abris de la même manière que les voyageurs que nous sommes sur nos chaises longues de ce ferry du lac Kariba. Dans cet inconfort, je ne trouve pas le sommeil et, peut-être à cause de la conversation de l'Indien, je pense à l'Afrique du Sud. Je suis soudain frappé par cette idée : « On en parle comme d'un problème qui tôt ou tard devrait être résolu. Et s'il n'y avait aucune solution ? N'y a-t-il pas eu, dans le passé de l'humanité, des problèmes insolubles ? » Et sur cette représentation de l'histoire non pas comme un problème à résoudre, mais comme une tragédie à endurer, je m'endors.

TABLE

DANS UNE ATMOSPHÈRE DE PRÉHISTOIRE............ 5
DANS LE PARADIS TERRESTRE DE SERENGETI 17
LE BAOBAB EST LE VRAI SEIGNEUR DE L'AFRIQUE 27
LE FAR WEST AFRICAIN 39
AU CŒUR DE L'AFRIQUE, UN LAC DE CÔME 51
LE GORILLE EST L'ERMITE DU DERNIER ÉDEN 65
LE LION AUSSI FÉROCE QUE L'HOMME 75
L'ÉLÉPHANT SORTI DU SAFARI DE HEMINGWAY....... 85
LE ZAÏRE PARMI LES GRATTE-CIEL D'AFRIQUE......... 93
J'AI COMMENCÉ L'ANNÉE DANS UN SUPERMARCHÉ ... 103
MAYUMBA, HISTOIRE DE MAGIE...................... 113
ENTRE OCÉAN ET FORÊT 123
DERRIÈRE LIBREVILLE.............................. 135
SUR LES TRACES DU DOCTEUR SCHWEITZER 145
ET L'HOMME TUE LA FORÊT 155
L'HÔTEL D'OR DANS LA BANLIEUE DE HARARE 167
CHRONIQUE DES GRANDES PLUIES AFRICAINES....... 177
UN MYSTÉRIEUX MONUMENT......................... 187
RHODES EST ENCORE LÀ 197
CHUTES VICTORIA : « LA FUMÉE QUI TONNE » 207
UN PARADIS TERRESTRE 217

Collection “Arléa-Poche”

1. Tahar Ben Jelloun, *Éloge de l’amitié*
2. Paul Morand, *Éloge du repos*
3. Albert Londres, *Les Forçats de la route*
4. Jerome K. Jerome, *Pensées paresseuses d’un paresseux*
5. Fruttero & Lucentini, *La Signification de l’existence*
6. Jean-Claude Guillebaud, *Le Voyage à Keren*
7. Pierre Veilletet, *La Pension des Nonnes*
8. René Girard, *Quand ces choses commenceront...*
9. Edmond Haraucourt, *Daâh, le premier homme*
10. Honoré de Balzac, *Petites Misères de la vie conjugale*
11. Henri Guillemin, *Silence aux pauvres !*
12. Albert Londres, *Dans la Russie des soviets*
13. J.M.G. Le Clézio, *Ailleurs*
14. Jerome K. Jerome, *Trois Hommes sur un vélo*
15. Pierre Veilletet, *Le Vin, leçon de choses*
16. Albert Memmi, *Bonheurs*
17. Sami Naïr, *Contre les lois Pasqua*
18. Albert Londres, *Au bagne*
19. Arthur Rimbaud, *Une saison en enfer*
20. Arthur Rimbaud, *Illuminations*

HC. Marquis de Sade, *Idée sur les romans*

21. Jean Lacouture, *Mes héros et nos monstres*
22. Jean Daniel, *Voyage au bout de la nation*
23. Robert Guillain, *Les Geishas*
24. Gisèle d’Estoc, *Cahier d’amour*
25. Denis Tillinac, *Le Bar des Palmistes*
26. André Fraigneau, *Les Enfants de Venise*
27. Jerome K. Jerome, *Journal d’un touriste*
28. Tristan Bernard, *Sous toutes réserves*
29. Alphonse Allais, *Le Parapluie de l’escouade*
30. Jean Daniel, *Dieu est-il fanatique ?*
31. Albert Londres, *Le Juif errant est arrivé*
32. Albert Londres, *Dante n’avait rien vu*
33. Henri Guillemin, *Une certaine espérance*
34. Albert Londres, *Terre d’Ébène*
35. Albert Memmi, *L’Exercice du bonheur*
36. Albert Londres, *Contre le bourrage de crâne*
37. Honoré de Balzac, *Traité de la vie élégante*
38. Dominique Noguez, *La Colonisation douce*
39. Honoré de Balzac, *Les Journalistes*

40. Joseph Delteil, *La Cuisine paléolithique*
41. Pierre Veilletet, *Mots et merveilles*
42. Jerome K. Jerome, *Arrière-Pensées d'un paresseux*
43. Gunnar Gunnarsson, *Le Berger de l'Avent*
44. Tzvetan Todorov, *Les Abus de la mémoire*
45. Cami, *Pour lire sous la douche*
46. t'Serstevens, *Les Corsaires du roi*
47. Franco Ferrucci, *Lettre à un adolescent sur le bonheur*
48. Albert Londres, *Pêcheurs de perles*
49. Albert Londres, *Le Chemin de Buenos-Aires*
50. Jules Barbey d'Aurevilly, *Le Dessous de cartes d'une partie de whist*
51. Jean-Philippe Arrou-Vignod, *L'Afrique intérieure*
52. Albert Londres, *L'homme qui s'évada*
53. David Livingstone, *Dernier Journal*
54. Prosper Mérimée, *Lettres libres à Stendhal*
55. Albert Londres, *Marseille, porte du Sud*
56. Albert Londres, *Chez les fous*
57. Pierre Veilletet, *Bords d'eaux*
58. Jacques Ellul, *Ce Dieu injuste ?*
59. Albert Londres, *La Chine en folie*
60. Albert Londres, *Les Comitadjis*
61. Pier Paolo Pasolini, *Qui je suis*
62. Albert Memmi, *Ah, quel bonheur !*
63. Michel Boujut, *Le Jeune Homme en colère*
64. Paul Morand, *Mes débuts*
65. Pascal Bruckner, *Le Vertige de Babel*
66. Germaine Tillion, *La Traversée du mal*
67. Arthur Rimbaud, *Poésies*
68. Alain Etchegoyen, *Éloge de la féminité*
69. Raymond Jean, *Vie de Paul Cézanne*
71. Serge Halimi, *Quand la gauche essayait*
72. Olivier Boura, *Marseille ou la mauvaise réputation*
73. François Thual, *Géopolitique du chiisme*
74. Jacques Berque, *Il reste un avenir*
75. Jean-Claude Guillebaud, *L'Esprit du lieu*
76. Edgar Morin, *Pour une politique de civilisation*
77. Alain Golomb, *Profs et Cie*
78. Raymond Jean, *Tutoiements*
79. Patrice Louis, *C'est beau, mais c'est faux*
80. Hervé Laroche, *Dictionnaire des clichés littéraires*
81. Albert Memmi, *Le Nomade immobile*
82. Roger Nimier, *Variétés*
83. Olivier Boura, *Les Atlantides, généalogie d'un mythe*

84. Robert Guillain, *Aventure Japon*
85. Takeshi Kitano, *Rencontres du septième art*
86. Matias Aires, *Lettre sur le bonheur*
87. Père Olivier-Marie, *Curé de campagne*
88. Léon Blum, *Le dernier mois*
89. Pier Paolo Pasolini, *La Longue Route de sable*
90. Effe Géache, *Nuit d'orgie à Saint-Pierre Martinique*
91. Denis Huisman, Louis Monier, *Visages de la philosophie*
92. Patrice Louis, *Du bruit dans Landerneau*
93. Jean-Philippe Arrou-Vignod, *Être heureux*
94. Natalie Angier, *Éloge de la bête*
95. Henri Brunel, *Éloge de l'oiseau*
96. Oscar Wilde, *L'Âme humaine*
97. Patrice Louis, *Toutes les Suédoises s'appellent Ingrid*
98. Edgar Morin, *Itinérances*
99. Jean-Claude Mourlevat, *Je voudrais rentrer à la maison*
100. Henri Brunel, *Printemps Été (L'Année zen)*
101. Mark Twain, *Écrits secrets*
102. Pierre Lévy, *Le Feu libérateur*
103. Albert Simonin, *Le Savoir-Vivre chez les truands*
104. Albert Simonin, *Lettre ouverte aux voyous*
105. Henri Brunel, *Automne Hiver (L'Année zen)*
106. Alfred Jarry, *Gestes et opinions du docteur Faustroll*
107. Pierre Vidal-Naquet, *Le Choix de l'histoire*
108. George Steiner, *Le Silence des livres*
109. Gustave Flaubert, *Voyages*
110. Philippe Jaccottet, *De la poésie*
111. Alexandre Vialatte & Honoré, *Bestiaire*
112. Béatrix Beck, *L'Enfant Chat*
113. Abbé Grégoire, *De la traite et de l'esclavage des Noirs*
114. Patrice Louis, *Aimé Césaire, rencontre avec un Nègre fondamental*
115. Paul Léautaud, *Le Petit Ouvrage inachevé*
116. Pier Paolo Pasolini, *Médée*
117. Alberto Moravia, *Promenades africaines*

TRANSCODÉ
ET ACHEVÉ D'IMPRIMER
EN MAI 2007
SUR LES PRESSES DE
CORLET IMPRIMEUR
À CONDÉ-SUR-NOIREAU
CALVADOS

Numéro d'édition : 0785
Numéro d'impression : 99790
Dépôt légal : juin 2007
Imprimé en France